サトウとシオ
イラスト 和狸ナオ
たとえばラストダンジョン前の村の少年が序盤の街で暮らすような物語
vol.10

僕、全部の配属先を
体験してみたいです！

前代未聞の学年繰り上げインターン開始!?
王国各所でロイド獲得の
スカウト合戦が過熱する!

アザミ王国大浴場、完成！
お城でくつろぐ憩いのひととき♡

アザミ王国大浴場、完成！

ここで！

立ち止まるわけには
いかないんです！
思い込む力が英雄の証！
みんなの想いを一撃に込めて――

目次 [CONTENTS]

GA文庫

たとえば
ラストダンジョン前の村の少年が
序盤の街で暮らすような物語 10

サトウとシオ

GA文庫

たとえば
シリーズ途中から
リニューアル
されたような

登場人物紹介

Character Profile

魔女マリー

雑貨屋を営む謎の美女。
正体はアザミの王女様。

ロイド・ベラドンナ

伝説の村で育った少年。
近頃は進路にお悩み中。

リホ・フラビン

元・凄腕の女傭兵。
ロイドで一攫千金を狙う。

セレン・ヘムアエン

ロイドに呪いから救われた。
彼こそ運命の人と熱愛中。

アルカ

伝説の村の不死身の村長。
ロイドを溺愛している。

アラン・リドカイン

ロイドを慕う貴族の息子。
レンゲと結婚式を挙げた。

ミコナ・ゾル

ロイドの学校の先輩。
マリーのことが大好き。

フィロ・キノン

ロイドを師と仰ぐ格闘家。
異性としても彼が好き。

ルーク・シスル・アザミ

アザミ王国国王。
マリーの意中の人が気になる。

サタン

夜を司る強力な魔王。
ロイドの武術のお師匠様。

メルトファン・デキストロ

元・アザミ王国軍大佐。
今は農業の伝道者。

レンゲ・オードック

アスコルビンの『斧』の族長。
アランと結婚式を挙げた。

サーデン・バリルチロシン

ロクジョウ王国国王。
メナ、フィロの父でもある。

ロール・カルシフェ

アザミ王国諜報部長官。
リホとは幼い頃からの腐れ縁。

ソウ

ルーン文字で作られた怪人。
不死身の運命を憂いている。

ショウマ

コンロン出身の若者。
ロイドの活躍に期待している。

トラマドール

地方貴族の怪しい男。
リドカイン家を敵視している。

一人の少年が窓枠に身を預け、外の景色を眺めていました。

年の頃《ころ》は十四、五歳。健康的な小麦色の肌と端正な顔立ちの少年です。

ただ、その表情は非常に冷めていて端正な顔が台無しになっていました。視線の先を行きかう人々を見るでもなく、遠い遠いどこか別の場所に思いを馳《は》せているような雰囲気でした。ホームシックのようで、もっと別の何か……何とも言い表せない空気を纏《まと》っています。

彼が佇《たたず》むは豪華な部屋、広さも備え付けの家具も一人暮らしには大きすぎるものでした。

そして異様なのは添え付けの家具以外は何もなく、生活感がまるで感じられません。ミニマリスト、無頓着《むとんちゃく》、そのどれとも違うような……自殺前の身辺整理を終えた気配すら感じます。

その部屋に来訪者が訪ねてきます。

「やぁショウマ君、例の魔法凄《すご》かったねぇ！」

魔導士然としたローブと呪術《じゅじゅつ》的な装飾品を身に着けた男が揉《も》み手しながら現れました。

ショウマと呼ばれた少年は振り向くことも返事をすることもしません。

「いやぁ本当にすごかったよ、モンスターを一瞬で蹴散《けち》らすんだもんな！　どうだい、私と共同研究したという形で世界に発表しないかい！」

「はぁ」

気の抜けた生返事と共に振り返るショウマ。その冷めた様子の機微すら読めない魔導士は立て続けに発表するメリットをアピールします。

「私の持つ伝手《つて》で発表すれば面倒な過程をすっ飛ばして今すぐにでも大きな利権を手にすることができるよ！　一生分のお金が僕と君の物だ！　悪い話じゃないだろう！　な！」

無反応のショウマ……いえ、お金と聞いてほんのり嫌悪感をにじませました。

さぁ返答やいかに……というタイミングで今度は別の人物が部屋に入ってきます。

「ショウマ君！　モンスターが出た！　戦士ギルドの人間として討伐に協力してほしい！」

大仰《おおぎょう》な鎧《よろい》に身を包んだ戦士ギルドの人間らしき男が魔術師を押しのけショウマに詰め寄りました。

彼は冷めた目を戦士の男に向けます。

「俺《おれ》、そんなギルドに入った覚えはないんですけど」

「いやいや、そんなこと言わずにさ！　男だったら戦士を目指すだろう！　な！　モンスターから一般市民を守り称賛を浴びるのは誰しも夢見ることだろう！」

夢と言われ嫌悪感がにじむショウマの表情。彼は語気をほんのり強め答えます。

「だったらあなたが夢をかなえたらどうですか」

「いや俺は……ほら、嫁さんいるしさ」

言い訳に終始し始める戦士の男。嘆息《たんそく》する息ももったいないのかショウマは何も言いませんでした。

そこにまたしても別の人物が登場します。

「お下がりなさい二人とも、お忙しいショウマ様の邪魔はやめなさい！」

「第三王妃……」

突然の王族登場に二人はすごすごとショウマの部屋からいなくなります。

邪魔者を排除したのを見届けた後、王妃はくるりとショウマの方を振り向きます。

「ショウマ様、煩《わずら》わしい人間は排除しました！　褒《ほ》めてください」

「どうも」

つれない返事のショウマ。脈など全くない返事にもかかわらず王妃は喜びを抑えられない模様でブツブツつぶやきはじめます。

「魔術師の権威者も戦士ギルドの人間も欲する逸材が私の手中に……素晴らしい武器を手に入れましたわ……第三王妃という不遇な立場の私に神様がくれた贈り物……蔑《さげす》んできた他の連中に目にものを見せてやります！」

「………」

一人の人間どころか贈り物とまで言い切られたショウマ。

彼の表情にははっきりと怒りの色が浮かび上がり――

「――――ッ！」

次の瞬間、ショウマは目を覚ましました。

暖かい日差し降り注《そそ》ぐ街道。馬車を繰りながらどうやらうたた寝をしていたようです。

「最近疲れているみたいだね……ま、やること多いから仕方ないよ」

心配そうに振り向く馬に微笑《ほほえ》みを返しながら、ショウマは懐《ふところ》からなにやら写真を取り出しました。

栗毛《くりげ》の柔和《にゅうわ》な少年と肩を組むショウマ。夢の中にいた人物と同じとは思えないくらい、心から笑っています。

「兄ちゃん、ロイドを同じ目に絶対遭わせないからな――」

第一章

たとえばラストダンジョン前の村の少年が将来に悩むような物語

アザミ王国士官学校の放課後。

今日も一日くったくたになるまで訓練や座学に勤《いそ》しんだ生徒たちは解放感に満ち溢《あふ》れていました。

しかし机にかじりついてウンウン唸《うな》っている生徒が一人。

「うーん、どうしよう」

栗色《くりいろ》の柔らかい髪の毛に可愛《かわい》らしい雰囲気の少年、ロイド・ベラドンナです。

このアザミ王国から遠く遠く離れたコンロン村という辺境からやって来た彼は小説の軍人に憧《あこが》れこの国にやって来ました。

ロイドはなにやら真剣な顔で机の上に広げている書類とにらめっこをしています。居残りや追試……という感じではなさそうですが、いったいどうしたのでしょうか。

そんな彼を不思議そうに覗《のぞ》き込む二名が、

「どしたロイド？　もう下校時間だし帰ろうぜ」

「……ワッツヘプン？」

同級生のリホとフィロです。

二人に声をかけられてロイドはようやく下校時間に気が付いたようでバツの悪い顔で頰《ほお》を掻《か》きました。

「あ、もうこんな時間なんですね……お恥ずかしい」

「めっちゃ悩んでいたけど、なんか課題でも出されたのか？」

「……悩み事なら相談に乗る」

心配してくれる二人に対しロイドは「そんな深刻ではないですよ」と笑います。

「アハハ、そんな大した悩みではないですよ。課題って言ったら課題かもしれませんが……コレです」

ロイドが二人に見せたもの、それは進路希望調査と書かれている書類でした。

「あーそれか進路希望の紙か」

「はい、アザミ軍って色々な配属先があるじゃないですか」

アザミ王国士官学校は卒業後に様々な進路、配属先がございます。

近衛兵《このえへい》から諜報部《ちょうほうぶ》、国境の警備などなど……多岐にわたり給料も待遇もピンキリ、「士官学校」ですが成績次第では即モンスター討伐の前線に投入されることもあるとかないとか。

リホは笑いながら真面目《まじめ》すぎるロイドの肩を揉《も》んでほぐしてあげました。

「そこまで気にしなくていいんじゃねーか？　適当に書けばいいんだよ」

「いえいえ、そういうわけにはいかないですよ。一年生の筆頭として」

「大体こんな一年生の早い時期に進路云々《うんぬん》なんて考えちゃいねえよ」

「……師匠は何か目指している配属先とかある？」

ロイドはまた恥ずかしそうに頰を搔くのでした。

「これというのがなくてですね……その、小説の軍人に憧れて士官学校に入ったので……」

リホはロイドが以前読んでいた小説を思い出し「あーあれね」と頷《うなず》きます。

「……小説？」

フィロが小首を傾《かし》げるとロイドの代わりにリホが説明しました。

「ロイドは大好きな小説があってな、その主人公に憧れて軍人になったんだよ」

「……ほう」

「でも確かになぁ、あの小説は軍人が国のため諸国を巡って古代兵器だのモンスターだのと戦う冒険活劇だから配属先ってもピンとくるわけないな。どっちかっていうと冒険者だもんアレ」

ロイドは「そうなんですよ」と笑います。

「だから配属先よりまず「僕に何ができるんだろう」って考えちゃうんですよね。でも料理とか掃除くらいしかパッと思いつかなくて」

「……師匠は強い、この前ゴーレムを倒した」

「いやーでもうちのアルカ村長なら指先一つであのくらいの動く石像は粉砕しますよ」

コンロン村――そこは、たとえばゲームのラストダンジョン前の村のような場所でして、住人にとってはどんなに獰猛《どうもう》なモンスターですら動物扱い、その村の村長アルカはやれ瞬間移動するわやれ隕石《いんせき》をカートン単位で落とすわなビックリ人間なのです。

そんな妖怪《ようかい》を引き合いに出され二人は乾いた笑いをしました。

「比較対象があれじゃあなぁ……」

「……自覚への道は遠かりけり」

そんな二人に今度はロイドが質問します。

「ところでお二人はどんな希望先を書いたんですか？」

「あーアタシは実入りがよけりゃどこでもオッケーなんでな、給料よさげな配属先を片っ端から書いておいたよ」

「そうなんですか」

「おう、書くのはタダだからな。フィロはなんて書いたんだ？」

フィロは無言でスッと自分の進路希望用紙を懐《ふところ》から取り出します。

ちょっと汚めの字で書かれている希望配属先は警備や近衛兵といった荒事が必要な部署でした。

「へぇ、しっかり考えてんなお前」

「……お姉ちゃんと傭兵《ようへい》やっていたから、即戦力」

「自分を分かっているんですね、さすがです」

ロイドに褒《ほ》めちぎられフィロは顔をほんのり赤く染めました。

リホは乙女《おとめ》な反応のフィロを茶化《ちゃか》します。

「おーおー、ずいぶん可愛い反応しちゃって。セレン嬢なら「しっかり考えている＝家庭を任せられる＝婚約成立！」とか言い出すぜ……あれ？　そういやセレン嬢はどした？」

セレンと言われロイドは周囲を見回しました。

「先に帰ったんでしょうか……あ、あそこにいますよ」

彼の指さす方、そこには――

「うーん、うーんですわ」

進路希望の紙を前にして唸っているセレンがいるではありませんか、ロイドと同じく自らの将来について真剣に考えているのでしょうか。

悩める彼女の席へ近づく三人はどうしたのかと尋ねてみます。

「……どした？」

「うーぬ……あらロイド様にリホさんにフィロさん、これはお恥ずかしいところを」

「へへへ、おいどうしたセレン嬢？　まさかお前も配属先で悩んでいるのかよ」

茶化すリホに対しセレンは首を横に振り否定します。

「いえ、そうではありませんわ」

「そうなのか？　悩んでるように見えたけどな」

そう言われた彼女は困った顔でなぜか辞書を取り出しました。

「実は進路希望先に「お嫁さん」と書いたら「それはダメだと」再提出を命じられまして……「奥さん」とか「花嫁」「新妻」「嫁御」「人妻」と色々書き直しても突き返され、今辞書であらゆる類義語を調べているところですわ。いったい何がダメなのでしょう」

「根本的にダメだってのに気が付け、子供に将来の夢を聞いているんじゃねーんだぞ」

リホの痛烈なツッコみ、続いてフィロが諭すような口調でセレンに話しかけます。

「……何度も返却された時点で気が付こう……私は二回目の返却で気が付いた」

「おめーも同じ穴の狢《むじな》だったのかよフィロ」

「……賢い方の狢です、がおー」

相変わらず突飛なセレンをロイドは一生懸命フォローします。

「アハハ、でも真剣に将来を考えているって大事ですよね」

ロイドの優しさにセレンは恍惚《こうこつ》の表情です。

「真剣に考えている＝家庭を任せられる＝婚約成立！」

「おまえ、もう少し予想を裏切れよ」

想定の範囲内にきっちり収まるリアクションを目の当《ま》たりにしてリホもフィロもセレンに半

眼を向けるのでした。

そんなやり取りの最中、大男の同級生アランが現れます。

「まぁお嫁さんは女子の憧れと言うからな、そうだろ女傭兵」

「何でアタシに同意を求めるんだよ！」

普段いじられ役のアランはここぞとばかりにリホをいじりました。

そんな彼に話題の進路希望について尋ねるロイド。興味津々《しんしん》といった表情です。

「ところでアランさんはどんな進路希望にしたんですか？　同じ男子として参考にしたいです」

「ふふふ、ご覧になりますか！　俺《おれ》の進路希望先を！」

自信満々にみんなの前に見せる進路希望の用紙。そこには意外な希望配属先が書かれていました。

「……国境警備、外交関係、物資輸送」

「全部アザミ王国から離れたり出張が多い部署ですわね」

アランは「よく気が付いた！」と大きく頷きました。

「男子たるもの！　自らの見聞を広めるために故郷を離れる事も必要！　いや、必須と言っても過言ではない！」

そこで何かに気が付いたリホはアランを問いつめます。

「へぇ、地方貴族のアラン・トイン・リドカインさんの実家はロクジョウの国境付近だったと思うんですがねぇ……アザミ王国が故郷ってなんか違う気がするんですが」

「――うぐ、いや、アザミ王国は第二の故郷！　そこから離れることも……」

「……で、本音は？」

　フィロにすごまれ、アランはバツの悪い顔でアザミ王国から離れたがっている真相を吐露しました。

「最近レンゲさんの俺に対する束縛がひどくてな……まだ学生身分で婚姻届は提出していないのだが、このまま卒業して正式な夫婦になったらどうなってしまうんだろうと恐怖で夜も眠れなくなって……そして考えついた打開策がコレよ、名付けて「そうだ、地方にいこう」作戦だ」

　さて、補足しましょう。このアランはアザミ王国で度重なる勘違いの末ドラゴンを倒したことないのに「ドラゴンスレイヤー」というとんでもない二つ名を授《さず》かってしまった運が良いのか悪いのか分からない青年です。

　その勘違いのせいでアスコルビン自治領の斧《おの》一族がトップ、レンゲ・オードックに気に入られ、惚《ほ》れられ、そしてなぜか交際ゼロ日、出会って一週間たたずに結婚式を挙げてしまいました。常日頃《つねひごろ》から「彼女欲しい」と言っていたくせにいきなり結婚、しかも自治領の権力者……とまぁ責任やらプレッシャーにビビり「結婚生活は学校卒業まで待ってくれ」と土下座して頼み込んだ……甲斐性《かいしょう》なしのヘタレ男と思ってください。

「「「…………」」」

女子の冷たい視線など意に介さず、アランは堰《せき》を切ったかのように将来への不安やグチを語り出すのでした。

「いやよぉ……あんな美人さんが嫁とか俺にはもったいねーのは重々承知で言わせて欲しいんだ。自分と釣り合わないいんじゃないかってよぉ……そのことを暗にレンゲさんに言ったらその日から地獄のトレーニングが始まってよ、学校の訓練の後にまた訓練、食べ物は美容関係のなんかネバネバした食い物、化粧品に乳液を毎晩必ずつけろ、どのくらい減っているか量を確認する始末……エレガントな男になれって言うけどエレガントってなんだよ……しかも生活管理だけでなく見知らぬ女子と話をするだけで報告を要求される始末……」

進路希望の話を聞いたのに全く希望の欠片《かけら》もない事をのたまい出す男に対しセレンは――

「ふむ、理想の関係ではないですか。特に見知らぬ女子の下りは基本では？」

と切り捨てました。正直愚痴る相手が悪かったですね、彼女に束縛の愚痴を言うくらいなら近所の犬に愚痴った方がまだ同情してくれると思います。

「え、ちょ、俺が悪いの⁉」

「美人で権力者な嫁さんゲットしてんだ、文句言うなやアランさんよぉ」

「……この前まで「俺結婚できない～一生独《ひと》り身だ～」とか嘆《なげ》いていたくせに、いざ結婚しても文句を言う……軟弱にもほどがある」

「そ、そうは言ってもなぁ。ちょっとスルト、フォローしてくれよ」

次々と女子に叩《たた》き斬られるアランは腰元の大斧に憑依《ひょうい》した魔王スルトに同意を求めます。

アランに声をかけられ、大斧がぼんやりと光り出しました。

「そうなんだよガールたち。アランの腰元から二人のやり取りを聞いちゃいるけど、俺だったら三日も保たないぜあの束縛は……」

話し始めるスルトに対し、ロイドが挨拶《あいさつ》します。

「あ、お久しぶりですスルトさん。アランさんとレンゲさんとの交際、そんな大変なんですか？」

「そうなんだよロイド君！　まさにヘル＆ヘル！　封印から解き放たれた俺が思わずもう一回封印された方が幸せかもって思っちゃうくらいの束縛なんだ！　この前景気付けにアランを大人の店に誘導したら寸前で止められこっぴどく叱られて……」

そこまで聞いた全員が同じタイミングで苦笑いしました。おまえが原因か……と。

スルトの方向違いの嘆きにセレンの装備している呪《のろ》いのベルト、ヴリトラが彼を注意します。

「まったく、お前は昔から成長していないな……アラン君は老け顔だが学生だ、そんなところに連れ回してはいかん。お前が行きたかっただけだろう」

「相変わらず固いぜ主任……っとヴリトラさん」

さて、もいっちょ補足しましょう。このセレンの呪いのベルトに憑依しているのは元コンロンの守護獣で大蛇の姿をしたヴリトラ……そして遥《はる》か大昔に古代ルーン文字を研究、開発していた元人間の研究者、石倉《いしくら》主任。一方スルトは亀の姿をした魔王で石倉の部下であるトニー研究員……ある実験の失敗で魔王に転生してしまった悲しき過去の持ち主です。

そんな元上司にスルトは反論します。

「でも気持ちは分かるだろヴリトラさん！　俺の悲しみをよぉ、エロティックなねーちゃんと語らい合いたいんだよ！　この姿なら前のぽっちゃりボディより絶対モテる自信があるぜ！」

なんていうか悲しい過去も前向きにとらえている……ずいぶん逞《たくま》しい人柄ですね。

「ぬかせ、主がまともなだけ全然マシだろう。我が主セレンちゃんなんて犯罪スレスレのストーカー行為を日頃から繰り返し、それに加担しなければならない罪悪感。さらに夜になるとロイド君への思いを夜通し語り気が落ち着く暇など無く、正直めんど――ウギャ!!」

おっと、今度はヴリトラの愚痴になり始めたところをセレンが暗い笑顔でヴリトラを握りしめます。

「あら、ヴリトラさん何か聞こえましてよ？　何でしょう、適当な柱にキツーく結びつけた後ロイド様の良いところ百八選を夜通し語りたいとか言いましたか？」

「いいいい、言ってませんぞ我が主！　ってやめて！　そういいながら蝶々《ちょうちょう》結びにしないで！」

「コレと比べりゃまだマシか……レストインピースだぜ主任」

自分が結構いい境遇であることを認識したスルトさんでした。自分より下を見て心の安寧を得る……実に悲しきポジティブですね。

「というわけだ！　距離が開いて時間がたてばレンゲさんも冷静になって束縛もゆるくなるに決まっている！　俺はやる！　決めた！」

決意を新たにするアランにロイドが諭そうとします。

「あのアランさん、下手に距離や時間を取ったらそれこそこじれてしまうかも――」

「心配してくれるのですかロイド殿！　でもご安心ください、このアラン・トイン・リドカイン！　多少の苦難があっても決心は揺るぎません！」

「アハハ、ここ一番で頑張れるアランさんの凄《すご》さは知っていますが……そういう意味じゃないですし……ていうか相当滅入《めい》っているんですね……お疲れさまです……」

ロイドは「単身赴任王に俺はなる！」と声高に叫んでいる彼を可哀想《かわいそう》な目で見つめています。

アランは普段ヘタレですが、ここ一番で勇気を振り絞り信念を貫き通せる熱い部分を持ち合わせている熱血漢でもあります。御前試合では格上相手に何度倒されても起き上がり最後まで戦いましたし……つまりレンゲのアプローチで心身ともに窮地に立たされているということですね。

「こいつもセレン嬢に負けず劣らず人の話聞かないよな」

「……ん」

「ちょっとお待ちくださいませ！　こんな粗野な男と一緒にしないでくださいませ！」

――ガラガラガラ！

そんなやり取りの中、講堂内にドアの大きな音を立て現れるは件《くだん》のレンゲ・オードックでした。

艶《つや》のある黒毛にワンポイントの赤いリボン。身につけているはいつもの赤いドレスではなくアザミ軍の軍服です。

アランと結婚式（笑）を挙げてしばらくはアザミと自治領の遠距離恋愛に甘んじていた彼女ですが軍の警備部署特別講師として招かれ今に至るというわけです。

彼女は威風堂々とした立ち居振る舞いでアランを睨《にら》んでいます。

「あ、レンゲさん。お久しぶりです！」

気圧《けお》されるアランの傍《かたわ》らでロイドはいつものように柔和《にゅうわ》な笑顔で挨拶しました。

仁王《におう》立ちだったレンゲも彼を見てエレガントに一礼します。

「あらロイド君。そして夫のご学友の皆様……今日もお紅茶飲んでエレガントですか？」

アスコルビン自治領の斧使い一族がトップ、レンゲは斧使いのダサさを払拭《ふっしょく》すべく「常にエレガント」を信条としているお淑《しと》やかな女性です。しかし――

「――で、アラン殿。何か言いたいことあるのでは？」

「ハヒ？」

「とぼけても無駄だべ！！」

とまぁこのように感情が高ぶると地が出てしまう非常に危険な人物でもあります。アスコルビン自治領自体が武術の聖地なので彼女もご多分に漏《も》れず脳筋というわけですね。

キツい相貌をアランに向けた後、彼女は躊躇《ためら》うことなく手にした斧を彼の前にある机に振り下ろしました。

スコン、という軽妙な音と共に机に刃が突き立てられアランは腰を抜かします。

「いやいや、何々？　レンゲさん⁉　昨日ちゃんと化粧水も乳液も使ったし、お手製紅茶もしっかり三杯は飲みました！」

そんな彼の目の前にはアランの進路希望先の写しが突きつけられます。

サーッという血の気の引く音がアランから聞こえました。

「進路希望っちゅうんがあるってんで、コリンちゃんからこっそり見せてもらっただ。そったら何だべ！　ぜーんぶ出張だのなんだので単身赴任しやすいタイプの配属先でねか！　新婚さんが行きたくない部署ベストスリーでねか！　どういうつもりか体で説明してもらうべ！」

「か、体って！　うおぉぉ誰か助けてへぇぇぇ！　イヤァァァ！」

武術の聖地アスコルビン自治領の出身であるレンゲの豪腕に首根っこを掴《つか》まれたアランは後半女の子のように叫びながら連れて行かれてしまいました。

「だ、大丈夫でしょうかアランさん……体で説明ってボディランゲージですかね？」

「……深く追求するのはよそう」

果たしてアランは無事明日も登校できるのか、一同の興味の尽きないところにクロムとコリンの教官陣が彼らと入れ替わりで教室に現れます。

「なんかレンゲ殿にアランが引きずり回されていたが……まぁいつものことか」

「夫婦間の問題にウチらが口出ししてもあかんしな、ほっとこか」

クロムとコリンはアランの去っていった方向に合掌した後、まだ教室に残っている生徒たちに帰るよう促《うなが》しました。

「さ、もう下校時刻だ。ダラダラせず家に帰るんだ、明日も訓練があるからな」

「せやで～、休養も仕事のうちや……ところでロイド君」

「あ、はいすぐ帰ります」

帰るよう言われると思ったロイドは急いで身支度を整えようとしました。

そんな彼にクロムとコリンは何となく含みのある笑顔を向けます。

「あぁ、いや、そこまで急がなくてもいい。ところでロイド君は進路希望の紙は書いたかな?」

「せやせや、希望の配属先とかお姉さんにこーっそり教えて欲しいねんけど」

教官陣にそう言われたロイドは申し訳ない表情で謝りました。

「ご、ごめんなさい……実はまだ……」

彼の謝罪に二人は「気にしないで」と頭を上げるよう促します。

「そんなロイド君、謝らなくてもいいぞ」

「せやで、ウチに帰ってからじーっくり考えてもええんやから」

何か裏がありそうな教官陣の挙動にリホが訝《いぶか》しげな顔をします。

「うーん？　……あの、ところでクロム教官にコリン教官」

「どうしたリホ？　何か質問か？」

リホは二人の顔を交互に見ると「ええまぁ」と言ってから気になることを尋ねました。

「進路希望の調査、例年よりやけに早いんですけど何か訳ありですか？」

リホの問いにセレンも「そうですわ」と便乗します。

「たしかに！　ミコナ先輩は自分たちが進路希望を聞かれたのは上級生になってからだったって言ってましたわ」

フィロも静かに頷きます。

「……正直進路とか配属先とか、まだピンとこない……今聞くのは効果的？」

立て続けの鋭い問いかけにクロムとコリンは「ギクッ」と実に分かりやすいリアクションをします。

当然そのリアクションをリホが見逃すはずありません。

「んーなんすか？　何か隠しているんですかお二人さん」

抜け目ない彼女に対し、コリンは若干《じゃっかん》顔をひきつらせながらも必死に反論します。

「そ、そんなことないでリホちゃん！　将来を考えるのに、早すぎるという事はないで！」

クロムもそれに同調します。

「そうとも、そうとも！　現に言われるまで配属先のことを考えなかった生徒も多い！　この進路希望調査で少しでも将来のことを考えてくれたらと思っているだけだ！」

半眼を向けるリホ。

クロムはその視線に負けじと口の端に泡をためて、もっともなことを熱弁します。

その傍らでセレンは「確かに」と教官陣の言葉に納得していました。

「まぁ怪しいですが一理ありますわね。夫婦共働きを想定した場合のベストな配属先を考えるいいきっかけになりましたから」

相変わらず話が飛躍しすぎなセレン。

それに対していつもだったらしっかり呆《あき》れるかツッコむコリンですが……

「そ、そやでセレンちゃん！　卒業後の新婚さんの事も考えての進路希望調査や！」

なんとツッコみを放棄どころかセレンに同意したではありませんか。

明らかに何か隠している……リホとフィロが疑惑のまなざしを向けまくります。

そして視線に耐えきれなくなったのかクロムは会話を切り上げようとしました。

「と、とりあえずロイド君、しっかり考えてくれ！　いいね！」

「あ、はい！」

「なんかあったら相談乗るで！　ほなな！」

挙動不審のまま教官陣は風のように去っていったのでした。

リホは不思議そうに去り行く二人を見つめています。

「なーんか怪しいな、なぁフィロ」

「………ん」

その傍らではロイドがマジマジと進路希望の用紙をもう一度見つめていました。

「将来か……ショウマ兄さんだったらスパッと決断できるんだろうけどなぁ」

ロイドは大事そうに用紙を懐にしまうと「うーんうーん」と唸りながら皆と下校したのでした。


さて、クロムとコリンはなぜバツの悪い顔をして去っていったのでしょうか。

そして普段より早い時期に進路希望の調査をした理由とは。

それは、数日前の王様の一言に端を発します。

――アザミ王国中央区に居を構える王城。

その一室にクロムとコリン、そしてフィロの姉、メナが王様に呼ばれていました。

上座に座る王様、ルーク・シスル・アザミはいつになく真剣な表情。クロムはいつになく顔を角張らせ、いったいどんな用件だろうと緊張の面持《おもも》ちです。

王様は「ふぅ」と息を吐くと独り言のように話し出しました。

「まさか、マリアの想《おも》い人が食堂で働いている士官候補生のロイド君だったとはな……てっきりアランだと思っておったわい」

そうです、王様はマリア王女……マリーの好きな人が魔王アバドンからこの国を救った人物と耳にしていて、それをてっきり軍の広報に絶賛持ち上げられ中のアランの事だと痛恨《つうこん》の勘違いをしていたのでした。

広報部のプロパガンダ戦略にトップの王様が騙《だま》されるという珍プレーに少なからずショックを受けているみたいですね。クロムがすかさずフォローします。

「王よ、仕方のないことです。あの柔和で一見か弱そうなロイド君がメチャメチャ強いなんて、幾多の修羅場をくぐってきた人間ぐらいしか気が付きません」

「せや、王様が気が付かないのも無理ないすわ」

クロムとコリンの必死のフォロー、それをメナがにんまり笑いながら茶化します。

「でもアラン君と間違えるのはちょっとケアレスミスの範疇《はんちゅう》を越えてますね～ロイド君とカテゴリー違いすぎですし確認は大事ですよ～」

その茶化しにコリンがたまらず叱責します。

「あかんでメナやん！　よかれと思って色々忖度《そんたく》しとったら実は全然違う人で、すべて徒労でした……なんて勘違いした本人は結構堪《こた》えるんやで！」

事実の応酬に心をナイフでえぐられた王様は「あふん」と間の抜けた声を漏らしてしまい

ます。

「お前も王にとどめを刺すな」

額《ひたい》を押さえるクロムに王様は「よいよい」と寛容な態度を見せます。若干顔が白くなっていますがスルーしてあげましょう。

「ワシが早とちりしたのは事実じゃ……確かにマリアからそれとなく聞いたとき「柔和な少年」とか「可愛くて抱きしめたくなる」とか言っていて「可愛いか？　アレ」とか「実はアランじゃなくね？」とか、ちょくちょく思ってはおったが娘の趣味を否定して嫌われるのも嫌で深く追求できなかったワシが悪いんじゃ」

「「「……」」」

この場にいる部下全員が「そこまで変だと気が付いたら頑張って聞けよ」と心の中でツッコみました。まぁ年頃の娘さんから嫌われるのは怖いですから、王様が聞けなかったのも仕方のないことですね。

自責の念に駆《か》られる王様ですが、ひげを撫《な》で心を落ち着かせクロムたちを呼んだ用件を切り出しました。

「では、本題に入るとするかの……そのロイド君が国を救ってくれた、間違いはないなクロム」

「ハイ」

「そしてマリアの好きな人」

「ハイ」

そこまで聞いた王様はあることを思い出しました。

「ってアレ？　ロイド君は確かマリアの家に居候していたって聞いているけど、弟子とか何とかの関係だとばかり思って安心しきっておったが……一線越えてない？　大丈夫？　場合によっては挙兵するよ」

物騒なことを言い出す王様にメナが糸目を微動だにさせず答えます。

「安心してください王様。一線どころか三線も越えていないとその筋の人間から有力な情報を得ております。事情通いわく「一緒に住んで数ヶ月もたつのに毎日眺めているだけのヘタレ、私でしたら数時間ですべてを決めておりますのに」とのことです」

どこからのタレコミだか実に分かりやすい&信頼のリーク先にクロムたちは大納得でした。

一方、王様は自分の娘を「へたれ」と若干罵られながらも一線は越えていないことに安堵《あんど》し複雑な表情です。

「まぁ、ならいいんじゃ……一国の王女に結婚する覚悟も責任もなく一線越えられていたら大問題じゃからな。でもメナよ、若干私怨みたいなのが見え隠れしたんじゃが」

「そんなのぜーんぜん、大さじ五杯ほども無いですよ王様」

それ、意外に結構ありますよね。

「ならいいんじゃが……でだ、そのロイド少年なんじゃが表だった活躍はしておらんじゃろ」

「はい、ほとんどが表に出せない活躍ばかりですわ。この前の栄軍祭もロールが大事にしないよう「イベントの一環」とゴリ押ししましたんで」

フムと唸りなにやら思案する王様、その挙動をクロムが不安そうに尋ねます。

「王よ、何かお考えですか？　もしかして二人の仲を進展させようとか……」

「……ワシはマリアとロイド君の事は二人の関係じゃし、自分は口出しはせんように考えておる。王家からの働きかけで無理やりくっつけようとは思っておらん」

その言葉を聞きコリンが安堵の息を漏らします。

「あーよかったで、マリーさんとロイド君をくっつけるまで帰れません！　とかなったら戦争どころの騒ぎじゃないですわ」

コリンの横でメナもうんうん頷きます。

しかし王様は何か思うところがあるようで言葉を続けるのでした。

「だがしかしじゃ、もしマリアとロイド君が付き合うとなった場合、彼には相応の格というものが必要になってくる」

「はぁ」

生返事のクロム。それ必要かなぁと王様以外の全員が首を傾げました。

その雰囲気を察した王様は「必要じゃ」と口にします。

「大事な事じゃ、もしこのままロイド君が一軍人として卒業、平凡な生活を送るとなると……

マリアは王室には戻ってこんじゃろ」

一同、その言葉を聞き「あぁ」と納得しました。

「そう、ロイド君に相応の地位を授けることにより釣り合いをとるためマリアは王家に戻ってくるという算段じゃ！」

「結局マリア王女に帰ってきて欲しいからなんですね」

「わっかりやっす」

「力業にもほどがあるで、王様」

王様は白い目に気が付きコホンとわざとらしく咳払《せきばら》いをします。

「……それに公にできないとはいえ、アザミ王国を救ってくれた人物になにかしら褒美《ほうび》を与えるべきじゃろ。マリア云々関係なく……な」

王様の思惑にクロムたちは賛同しました。

「確かにそれはいいお考えですね」

「せやね、それにちゃんと評価されれば」

「自分のすごさを自覚してくれるかもしれないね、コリンちゃん」

部下たちの賛同も得られたところで、王様は目をクワッと見開きます。

「というわけで、お主たちに密命を下す！　ロイド・ベラドンナが将来何になりたいのか、それを調べてきて欲しい！」

メナがニヤリと笑い王様の意図を見抜きます。

「なるほど褒美として与える地位を調べるんですね」

「うむ、来るべき日、彼に相応の地位を授けるためそのポジションをあけておくのじゃ、無論、地位相応の実力を付けてもらう。そのための教育期間も設ける必要があるしな」

コリンはなるほどと快く頷きました。

「まーそのくらいならお安い御用やで王様。な、クロムはん」

「うむ、ちと早いが進路調査と偽《いつわ》って彼の希望配属先を調べておこう」

クロムとコリンは笑顔で頷き合いました。もしかしたらもっと面倒なことを頼まれるかと思っていた二人は楽な指示に内心ほっとしています。

「頼むぞクロムとコリン。そしてメナはロイド君の希望が分かったら根回しの準備をよろしくたのむぞい」

とまぁこの進路希望調査は王様の「娘と一緒にお城で暮らしたい」が発端だったようですね。

クロムたちも「進路を調べるくらいなら」と軽い気持ちで引き受けてしまいましたが……はい、皆さんご存知の通りです、何も起きずに収まるはずがありませんよね。

「お任せください」

「楽勝ですわ」

「了解でーす」

そんなことなどつゆ知らず、三人は王様に見送られ謁見の間から去ってゆくのでした。

時は戻りまして、イーストサイドのマリーの雑貨屋。

家事を一通り終わらせたロイドは一息つく間もなく、エプロンを付けたままテーブルに齧《かじ》り付き進路希望調査の紙を広げ、うんうん唸り始めました。第二ラウンド突入ですね。

その様子を眺めているのは魔女マリーことマリア・アザミ。

実は彼女、魔女は世を忍ぶ仮の姿でかつて魔王による国家転覆を阻止すべく暗躍していたアザミ王国の王女その人です。

現在その事件はロイドの無自覚ファインプレーによって解決し、元のお城暮らしに戻れるはずなのですが……自由気ままかつ何でも家事をこなしてくれる万能少年である愛《いと》しのロイドと一緒にいたいがため、何かと理由を付けてこの素晴らしき雑貨屋生活にしがみついているのでした。

「ぐうたら魔女」は世を忍ぶ仮の姿だったはずが真の姿にクラスチェンジしてしまった……というわけです。まぁ一度楽を覚えてしまったらなかなか生活を変えられないのは世の常ですね。

マリーは乳鉢で薬の調合をしながらウンウン唸るロイドをチラチラ見ています。

（うーん、何かで悩んでいるみたい……ここは優しく声をかけるべきね。そしてロイド君ポイ

ントアップね)

勝手に謎《なぞ》ポイントを設定しないでください。貯《た》まると何の恩恵が受けられるのか興味は尽きませんが。

そんな調査員（セレン）の報告通りヘタレなマリーは意を決してロイドに声をかけます。

「どうしたのロイド君？　悩み事？」

「うーん……あっ！　ごめんなさい！　実は進路希望の調査がありまして、どこを目指そうか悩んでいるんです」

そしてロイドはリホたちに話した小説云々の件も含め、今悩んでいることを打ち明けました。

「進路希望調査かぁ……あら？　ちょっと早いわね。前倒ししたのかしら」

それが自分の父親であるアザミ王の策略であるとはマリー自身知る由《よし》もないのでした。

(ま、いっか……そんなことよりロイド君ポイントね)

マリーは事の真意を考えるのを早々に切り上げると架空のポイントを獲得すべく次にかけるセンスのある言葉を考えます。もっと他《ほか》に情熱をかける部分があるかと思いますが。

(うーん、君なら何でもできる……違うわね。私をお城へ連れてって……行きたくないっつーの……)

恋愛アドベンチャーの選択肢に悩むが如《ごと》くどうすればロイドポイント……好感度を獲得できるか思案している模様……一言、思春期男子かと言いたいですね。

（それとも緊張をほぐすためと冗談交じりに抱き付くのもアリかも……じょーだんよぉ、本気にしちゃった？　緊張少しほぐれたぁ？　とか……アリよりのアリね！）

失敬、思春期男子を越えに越えた拗《こじ》らせた何かですね。

そんな妄想爆発事案発生一歩手前の折でした。

ガタッ……ガタガタッ……ガタガタガタッッッ……

クローゼットがえらい勢いで揺れております。

何度も見たことのある胎動するクローゼット……瞬間移動で「ヤツ」が現れる前兆。

マリーは察しました「ロリババアが来た」と。

刹那《せつな》、はじけ開くクローゼットの扉。

マリーは反射的に土下座の姿勢に移行します。無駄のないスムーズな動き、空手の演武を彷彿《ほうふつ》とさせる美しさでした。

彼女は床に着座、そしてすかさず謝罪します。

「ひぃぃいい、すいません師匠！　心の中で抱き付こうと妄想しただけで行動を起こそうなど毛頭ございません！　お目こぼしをッ、お目こぼしをッッ！」

プライドをかなぐり捨てるある意味潔いマリー。

しかし彼女の前に現れたのはアルカではなく――

「ん？　土下座なんかしてどうしたんだいマリー氏」

「マリア様……床に何か落としましたか？」

サタンとメルトファンでした。

「……………うぇ⁉　サタンさんにメルトファンさん？」

さて、ご紹介しましょう。この角のような癖毛《くせげ》で貴族風の衣装を身に着けているのはコンロンの村でヴリトラに変わって守護獣となったサタンです。夜の魔王と呼ばれヴリトラやスルトと同じ転生した研究所の職員で本名は「瀬田鳴彦《せたなるひこ》」。翼をもつ獅子《しし》のような第二形態を有し、ロイドに稽古をつけ、以来彼に慕われている男です。

サタンは髪の毛に手を突っ込み頭を掻くとアルカの代わりに来た経緯を話します。

「いやね、アルカ氏は力を取り戻したくせに「まだ本調子じゃない」とか言ってずーっと村の仕事をサボりまくったのが問題になって今軟禁されているんだよ。瞬間移動はアルカ氏と俺しか使えないから代わりに来たってわけさ」

「相変わらずですね……あのロリババア。って用事ってなんですか」

「これですよ、私が丹精込めて育てた子供たちです」

メルトファンはそう言いながら手にした作物をロイドに手渡しました。

彼は深々と頭を下げそれを受け取ります。

「わぁ、ありがとうございますメルトファン大佐」

「元大佐で現アザミ軍農業特別顧問、そしてコンロン村の農民だよロイド君」

丁寧に訂正する銀髪小麦肌の男がメルトファン・デキストロ。先のアザミ王国転覆の一件で黒幕のアバドンに洗脳され悪事の片棒を担いでしまった人物です。そして禊《みそぎ》としてコンロン村で農業に従事することになり……すっかり野菜作りにハマってしまったわけです。自宅謹慎中にやることがなくプラモデルを作っていたらハマってしまったようなものですね。

発表するように「ウチの自慢の息子」とトマトやナスを笑顔で紹介する中、ロイドは思い出したようにお茶を入れに台所に小走りします。

「あぁ、お構いなくロイド氏」

「いえ、せっかくいらしたんです、ゆっくりしていって下さい。さっとトマトで一品作りますね」

「ほう、それは頂かないわけにはいかないな」

二人は誘われるままテーブルに着きました。

「すまんねロイド氏……うん、これはなんだい？」

そこでサタンとメルトファンはテーブルに広げてある進路希望の紙が目に入ります。

元大佐で教官だったメルトファンは懐《なつ》かしそうにその書類を眺め目を細めました。

「進路希望調査の紙か、懐かしい。しかし時期が早い気がするが」

その何度か書いては消しゴムで消して悩み格闘した後のある書類を見てサタンも転生前の事を思い出し懐かしそうにしています。

「あー俺も悩んだなー進路とか将来の夢とか。なぁなぁで生きていたから空欄埋めるの大変だったな……ふざけて志望校を女子高とか書いて怒られたっけハハハ」

魔王に転生する前の思い出を語り出すサタンにマリーは良く分からず生返事します。

「はぁ……魔王なんですから将来の夢は魔王一択じゃないんですか？　てか女子高って」

「おっとすまんマリー氏、忘れてくれ」

そこへロイドが切ったトマトとお茶を持って現れます。

「お待たせしました、メルトファン大佐からいただいたトウモロコシのひげで作ったコーン茶とトマト&チーズのカプレーゼサラダです」

たった数分でこの手際、マリーが堕落するのも無理からぬことというものです。

「おぉ、トマトの酸味とチーズ、そしてオリーブオイルのハーモニーが素晴らしいなぁ」

「コーン茶はほのかな甘みが鼻腔《びこう》を駆け抜ける……私の育てたトウモロコシを余すところなく使ってくれて感謝だロイド君」

食レポするサタンとメルトファン……意外にいそうですよね、こんな見た目のテレビタレント。

ロイドはエプロンを畳むと進路希望調査の紙にもう一度向き直り嘆息《たんそく》します。

「ショウマ兄さんならなぁ……こういうのスパって書けるんだろうけどな」

「ショウマ氏かい？」

「ええ、兄さん僕より先に村の外に出て行ったんですよ、冒険者になりたい一流の魔法使いにもなりたいって毎日夢を語っていました」

メルトファンは「あの男がね」と興味深く聞いています。

「でもある時しょんぼりして帰ってきてしまって……どうしたのかなって心配したんですけど、僕と話していたら急に元気になって、すぐ新しい目的ができてそれに向かって頑張れるのはすごいなぁって尊敬しているんです」

「新しい目的……例の件か」

「ロイド氏を絶望させない目的っていうとんでもないことだな」

ヒソヒソと会話をするメルトファンとサタン。

「元気なのは良いんですけど村に帰ってこなくなって、村長とも喧嘩《けんか》して、変な人とつるんでいるしで……っと」

変な感じになった雰囲気を察したのかロイドはこの話を切り上げるとサタンに尋ねました。

「そうだ、ちょっと聞こえたんですけどサタンさんも進路で悩んだんですか？　僕も悩んでいまして何かアドバイスいただけると嬉《うれ》しいんですけど」

サタンは頭に手を突っ込み頭を掻くと困った顔を見せました。

「アドバイスねぇ……俺の参考になるかな？」

渋るサタンにマリーがお願いします。

「この子ずーっと悩んでるんですよ、魔王的なアドバイスとか是非」

「魔王的って……まぁ魔王だけれども……うーむそうだな……」

サタンはアゴに手を当て思案すると、まず無難なアドバイスを口にしました。

「何になりたいが見えないのなら、何をしたいかを軸にして考えた方がいいぞ……月並みなアドバイスだが」

「やりたいことですか……うーん」

また悩みのドツボにハマりそうになるロイドにサタンは笑顔を向けました。

「またそんな悩んじゃダメだぞロイド氏、真面目に考えすぎちゃいかん。俺なんて将来の夢を聞かれたとき「有名人」って書いたからね」

予想外のエピソードトークにロイドもマリーもメルトファンも「えっ？」と驚きの声を上げました。

「驚くのも無理ないな。うん、具体的な夢はないけどモテたいし金持ちになりたいしチヤホヤされたい……でも別に何かに打ち込んでいるわけじゃないから「有名人になりたい」って書いたんだ……魔王になっちゃったからある意味達成できたけどね」

「なんていうかザックリですね……」

呆れるマリー、言葉を失うロイド。サタンも「テヘヘ」と舌を出して笑って誤魔化《ごまか》します。

「そんな俺でも心を入れ替え色々なことに挑戦して、やりたい事を見つけて、今に至るというわけだな……俺と違って君みたいな真面目な少年はやるべき事が定まったら無敵だぞロイド氏」

「挑戦……何ができるか分からないけど何もやらないことは間違っている……」

カップを傾けながらサタンは「いいこと言うね」と優しい目をします。

「そうだね、何ができるか分からないのなら食わず嫌いせず色んな事に挑戦することだ」

いつの間にかスッキリした表情になっているロイドを見てメルトファンが唸ります。

「ふむ、サタンさん。意外に良い教師になれるかもしれませんな」

「もうサタンさんは僕の師匠分ですから」

サタンは照れ笑いしながら謙遜《けんそん》します。

「いやいや、ダメ人間の俺みたいになるな……ってだけだよ」

マリーもロイドたちに同意し、謙遜する彼に「そんなことないですよ」と伝えます。

「自分のことをそう言えるのはいい師匠の証《あかし》ですよ。私の師匠なんて――」

彼女が後半呆れ顔になりながら、自分の師匠であるアルカの愚痴を言おうかと思ったその次の瞬間、クローゼットがガタガタと揺れ、中から白いローブの幼女、アルカがスッポーンと飛び出してきました。

「くあぁ！　ロイドやぁ！　会いたくて辛抱たまらんから村人の必死の抵抗をかいくぐり、瞬間移動で来てしもうたわい！　さぁ熱いお茶！　熱い抱擁！　熱いキッスをプリーズ！」

「――こんなですもの」

「心中察するに余りあるよマリー氏」

戦場の最前線を駆け抜けてきたかのようなボロボロの姿で登場したのはコンロン村の村長アルカです……もう説明いりませんよね、人外ロリババアです。

良い話の最中に現れた空気の読めなさ全開の彼女にロイドを含めた全員が白い眼を向けています。

「おぉどうしたロイドや。作物の忘れ物を届けに来たんじゃ、ワシというキュートな果実をのう」

そのままダイビングをかましロイドに抱きつかんとするアルカをサタンが取り押さえます。

「はい確保。じゃあ俺はコレをコンロン村に連れて帰るから、メルトファン氏、いつ迎えに来ればいいかな？」

「サタン殿、村長と畑をよろしくお願いします。私は軍の農業特別顧問としての仕事がありますので一週間後ですね」

「了解した、では皆さんごきげんよう。ロイド氏、頑張れよ」

「ハイ！」

何かを言い続けるアルカの口を押さえながらサタンはコンロン村へと帰っていったのでした。

「では私もお暇《いとま》します……そうだロイド君、士官学校では配属先の体験……インターンを行っている、そこで自分の目指す軍人を見極めるのも一つの手だぞ。答えを焦《あせ》ることはない」

「ありがとうございます！　いったん保留にして配属先体験ができるかどうかクロム教官に相談してみますね！」

「うむ、他ならぬロイド君の頼み、クロムなら快く受け入れてくれるはずだ。では」

去り行くメルトファンを見送った後、ロイドはやる気に満ち溢れていました。

「よっし、何ができるか分からないなら！　色んな配属先を経験して答えを見つけよう！　体験できる配属先は全部体験するぞ！　自分が納得いくまでだ！」

「頑張ってロイド君、私も応援しているから！」

まさかの配属先全体験を希望するロイド……それがクロムたちを苦しめることになるとはこの場にいる人間には与《あずか》り知らぬことでした。


ロイドが「どんな配属先でもすべて体験する！」「納得するまでインターンをやめません！」と誓ってから数日後……

クロムとコリンは職員室で力なくうなだれていました。いったいどうしたのでしょうか。

「おつかれで～す。おーいコリンちゃーん……ってどうしたの⁉　賞味期限二週間過ぎたもの食べたの⁉　さすがに二週間は私でもアウトだよ～せめて一週間にしなって」

「…………」

一週間でも結構なアウトだろ……いつもならそう声高にツッコむはずのコリンは何も言えず、ただただ目で訴えます。そんな余力はない、と。

メナはどうしたんだと二人の前に広げてある進路希望調査の書類を眺め、原因を特定します。

「ツッコみなし。重症だねぇ、いったい何が……あーなるほど！　セレンちゃんの希望先「夢みる少女は嫁ぎたい」というアバンギャルドな希望先に呆れているんだね、ていうか進路希望かこれ？　歌のタイトルじゃないの？」

「それも結構胃に堪えたけど、そうじゃないねん」

「あ、そうなの？　こっちはちゃーんと仕事してきたよ、それとなく話を聞いたらどこもロイド君なら大歓迎みたいなことを言っていたね。根回しするほどでもなかったよ～」

一仕事終えたメナは手ごろな椅子《いす》に座ると買い食いしてきたチュロスを頬張ります。

「ムグムグ……ま、逆に人気すぎて争奪戦が起きそうなのが心配かな。広報部に警備、外交官辺りが特にお熱でさ～「職場体験には彼を優先的にウチに回してくれ」なんて念押されちゃったよ、トラブルになんなきゃいいけどね」

クロムは油の刺していない機械のようにギギギと首を動かしメナの方を力なく向きました。

「こっちはトラブル発生だメナよ」

「ここのところノースサイドを中心に喧嘩とかトラブルが多発、前科の有無やら見回りの軍人を厚くしておいてや〜て言われて事務に追われてんねん」

書類の山をうんざりするような眼で見る二人、死んだ魚の目をしています。

「うひゃ〜このタイミングで？　コリンちゃんやクロムさんに仕事が来るってことは……ただのケンカじゃないっぽい？　ヤバイ案件？」

素《す》っ頓狂《とんきょう》な声を上げるメナにクロムがこくりと頷きます。

「最初は羽目を外した旅行客のせいやと思われとったんやけどあまりに数が多くてなぁ、しかも加害者の多くが暴言や本音をぶちまけたりと心神喪失に似た症状で、ここだけの話、変な呪いかもと言われとる」

「呪いだって？」

メナは糸目を開き怪訝《けげん》な顔をしました。クロムは神妙に頷き調書を読みます。

「前日まで人が変わったように攻撃的になったり逆にものすごい落ち込んだり……そして加害者の皮膚にうっすら荊《いばら》のような模様が浮かび上がって……見せてもらったけど気味が悪かったよ」

「荊の模様……そりゃ普通じゃないね」

「というわけで原因不明の「荊の呪い」って噂《うわさ》になっとって、その対応と原因究明を頼まれてもうたんや」

コリンは「この忙しい時期に」と誰に言うでもない恨み節を口にしました。

「まさかインターンと被《かぶ》るとはな……いや、前倒ししたからか……」

「王様め〜余計なことを〜って顔しているよクロムさん」

「そっ、そんな事はない！　間が悪いとか大人なんだし子供離れしろとか思っていないぞ！」

即反論するクロムにコリンはジト目です。

「ノータイムで言葉にできるってことは普段から思っている証拠やで、まぁ気持ちは分からんでもないけどな」

「やめなよ〜二人とも、噂をすると影だよ〜……まぁ私も同じ意見だけどね」

愚痴交じりの談笑で疲れ切った空気がほぐれたその時です。

「あの」

急な来訪者に三人同時に肩を震わせました。

「い、いえっ！　今のはほんの冗談で……」

真っ先に否定するのは後ろめたい証拠ですよね。

とまぁ相手を確認せず言い訳しながら声のする方を振り向いたクロム、そこには――

「あの、お忙しいところすいません。僕です」

申し訳なさそうにロイドが入り口に立っていました。

誤魔化すようにコリンがわざとらしく笑います。

「あ、アハハ。なんやロイド君だったのか、聞いとった今の話？」

「い、いえ。どうかしました？　今お忙しいとか……」

メナが「大丈夫だよ～」とおどけながら用件を聞きます。

「ん～ノープロブレム。で、どったの？　あぁ進路希望調査の紙を出しに来てくれたのかな」

ロイドが握りしめている書類を見て「あ、希望先決まったんだな」と三人は察しました。

「クロムさん、どうやらロイド君の希望先が決まったようやで……」ヒソヒソ
「あぁ、助かった……あとは希望の職場を体験してもらうだけだな……」ヒソヒソ
小声で会話するコリンとクロム。その口元には笑みがこぼれています。トラブルの対処に追われている二人にとってロイドの進路先の一件は早急に対処したいタスクだったからです。

「ではではロイド君、君はいったいどこに配属されたいのかな？　広報？　警備？　外交？　それとも近衛兵かな？　近衛兵だったら先輩としてこき使ってあげるよん」

ヒーローインタビューのようにロイドの傍らに立ち質問するメナ、しかし当のロイドは神妙な面持《おもも》ちそのままです。

「ん？　どうしたロイド君？」

クロムが尋ねると彼は意を決し自分の想いを打ち明けました。

「その……ごめんなさい、希望配属先なんですがまだピンと来なくて……ですので、体験できる配属先は全部体験してみたいんです」

「え？　全部？」

「はい！　全部です！　全部体験して、自分にできることが何なのか見定めたいと思います！」

「「「ぜ、全部かぁ……」」」

予想外の返答に三人は思わず声がハモってしまいます。

ロイドの希望配属先を調べ、ちょっとそこを体験してもらうだけの任務のはずがまさかの展開。クロムも難色を隠しきれませんでした。

「ぜ、全部となるとスケジュールが……今色々立て込んでいるしなぁ……」

「そ、そうですか……ごめんなさい。僕、アザミ軍で何ができるか、本当に人の役に立てるかどうか知りたくてそれで……」

ロイドは本音を漏らしながらしょんぼりとしてしまいます。

誰かの役に立ちたいけど何ができるか分からない、だから全部体験してみる。

そんな非常に彼らしいまっすぐな言葉が伝わったのでしょう、メナがクロムの肩をポンと叩きます。

「ね、クロムさん。本気で将来の事を考えている若人に「忙しいから」の一言で無碍《むげ》にするのはいかがなものかと思うなぁ」

コリンもその言葉に同意します。

「ウチも同じ事考えとったわ、本気で将来を考えている生徒に応《こた》えるのが教官や」

クロムも四角い顔をフッと緩め「そうだな」と口にしました。

「うむ、ロイド君には何度も助けてもらった。今一肌脱がないでいつ脱ぐんだという話だな」

そして彼は困った顔をするロイドに向き直ります。

「ロイド君、真剣な君の気持ち、良く分かった。我々ができうる限りの職場を体験できるよう手配しよう」

そこまで言われた彼はパァっと普段の柔和な笑顔に戻りました。

「あ、ありがとうございます！　……やった！」

ペコリと一礼するとロイドは喜びのあまり弾《はず》みながら教室へと戻っていったのでした。

弟を見るような目でその去る姿を見送ったコリンは気合いを入れ直しました。

「ま、しゃーないわな。立て続けに色々起きとるけどいっちょふんばるで！」

「とはいえだ……彼だけ特別扱いとバレないよう、上級生と合同で受けてもらわねば……授業もストップ、各部署にもお伺いを立てねばなるまい。地獄のスケジュール調整が始まるぞ……」

すべての配属先に時間調整をしてもらう……気の遠くなるスケジューリングにクロムの顔色はあまりよろしくないようです。

「目に見えるねぇ「こんなクソ忙しい時にインターンか！」ってイヤーな顔されてクロムさんが何度も頭下げる光景が」

「メナよ、お前も下げろ」

「前向きに善処しまーす」

すね。

政治家の常套句《じょうとうく》を使いかーるい感じで躱《かわ》すメナ。絶対頭を下げない鋼の意思が見え隠れしま

一方コリンは「荊の呪い」の資料に目を通すとぼやきます。

「頭下げるのはクロムさんに任せるとして……しっかし本音をぶちまける呪いかいな、ほんまやったらこらまた難儀な呪いやね」

「だよねー、コリンちゃんが呪われちゃったらメルトファンさんの前で何言っちゃうか分からないから怖いよね～」

コリンの淡い恋心をいじるメナに彼女はプンスカ怒ります。

「ちょぉ！　メナやん！」

そのいじりに普段は絡《から》まないクロムも参加します……ストレス解消ですかね。

「いやいやメナさん、コリンはメルトファンに意外と本音をぶちまけている……アイツが気付かないだけだ」

「クロムさんまで！　……まぁ確かにメルトファンに何言っても野菜のこと以外あいつの耳は右から左にスルーやわ。呪われたところで何の問題もあらへん」

「ん？　呼んだか？」

「ほんぎゃぁぁぁぁ」

噂をすれば何とやら、ジャストタイミングで登場したメルトファンにコリンは腰を抜かし

ます。

「今私の名前と野菜と聞こえたが……どうしたコリン、その驚きっぷりは？　もしや備蓄の米櫃《こめびつ》に虫でも巣くっていたのか？　虫除《よ》けの唐辛子《とうがらし》をあれほど絶やすなと言っただろうに」

「なわけあるか！　アンタが口酸っぱく唐辛子～唐辛子～言うから毎週ええのと取り替えとるわ！」

想い人のためにせっせと唐辛子を替えるコリンを想像してメナはホロリ涙を流しました。

「健気《けなげ》だね～コリンちゃん。で、何でメルトファンさんがここに？」

「農業特別顧問の雑務をしているときにちょっと小耳にはさんだんでな……なんでも今、荊の呪いとかいうものが流行《はや》っているそうだな。農民として少しでも力になれればと思ってきたのだよ」

相変わらずのメルトファンにクロムは微笑しながら彼に応援を頼みました。

「なるほどな、ちょうど良かった。呪いの件もだがインターンのスケジュール調整も手伝ってもらえると助かるのだが」

「ぬ？　まぁ構わんぞ、ロイド君にやりたい事が見つかるまで頑張れとついこの間言ったばかりだ、協力しよう。しかしインターンにしてはちと時期が早すぎるが――」

「「「お前のせいか！」」」

ロイドが全部の配属先を体験したいという無茶《むちゃ》を短期間で叶《かな》えなくてはいけない、その遠因が目の前にいてクロムもコリンもメナもプリプリ怒ります。

「ぬ？　いったいどうした？」

もちろんそんなことなど知る由もないメルトファンはいつもの仏頂面《ぶっちょうづら》のまま慌《あわ》てふためく三人をただ眺めるだけです。

そんな彼にカツアゲするようドカッと肩を組むコリン。愚痴交じりで現状を報告しました。

「実はかくかくしかじかでなぁ……」

「なるほど、ついに王様がロイド君に目をかけたということか」

呆れながら笑うメナ。

「ぶっちゃけ王女と一緒にお城で暮らしたいのが八割占めているんだろうけどね」

クロムもコリンもまったくだとウンウン力強く唸っています。

「そろそろ我が王にも娘離れをしていただきたいところだ。振り回される身にもなって欲しい」

「すまんの、子離れできない親で」

「「「…………」」」

本日二度目の噂をすれば影。部下の陰口が盛り上がっている職員室の入り口に王様が佇《たたず》んでいました、顔は真顔です。

「ついさっきそこで会ったんで一緒に来たのだが……」

バツの悪そうな顔のメルトファンの後ろで、王様は死んだ目で力なく笑いました。

「進捗《しんちょく》状況を知りたくて足を運んだんだが……陰口の真っただ中にご本人登場ですまんな」

「い、いえ違うんです王様！」

「分かっておる、分かっておるよワシがわがままを言っているのは……でもな、魔王に取りつかれた数年を……娘と共に過ごせなかった時間を取り戻したいんじゃよぉ……魔王のせいで娘離れし続けていたんじゃ、許してくれ……冷たくしないでくれマリアよ」

語りながらしぼんでいく王様、後半はマリーへの謝罪が口から洩《も》れているのを見るに細々とやらかしているみたいですね。

「娘離れの部分は気にしてへんようやけど……」

「うむ、重病だな」

「いやー処置が必要だね……こりゃ王様を救うためにも関係各所にクロムさんのポケットマネーで菓子折り付きお詫《わ》び行脚《あんぎや》を実行しないと」

「俺の負担多すぎないか、神経的にも経済的にも」

その会話を耳にした王様は元の威厳ある王に戻り尋ねます。

「お詫び行脚じゃと、何かやらかしたのかクロムよ、ワシがマリアにお城に戻って欲しさあまりに周りの反対を押し切り豪華な大浴場を作ったように」

「一緒にしないでください……ていうか、自分のためにそんなの作ったと知ったら余計戻りにくくなりますよ。実はですね……」

即反論するクロムは「荊の呪い」の件も含め、何が起こったのか王様に伝えました。

「というわけで全部の部署を体験できるようお願いしに向かおうと思っておりまして」

王様は目を丸くし感心していました。

「ロイド君……むっちゃ好青年じゃないか！」

そして王様は興奮気味にクロムに向き直ります、もう色々言われたことは完全に忘れているみたいですね。

「クロムよ、ぜひとも彼がすべての部署を体験できるよう手配してくれ！　お願い行脚？　ワシも同行しよう！」

「え、えぇ⁉　王様自らですか⁉」

「むろんだ！　ワシ一人でもお願いしに行くぞ！　呪いの件もワシ自ら警戒するよう頼んで回ろう！　さぁ行くぞクロムよ！」

「王⁉　ちょっと王⁉　オォォォウ⁉」

腕をがっしり掴まれクロムは連れて行かれてしまいました。

「クロムさんを引きずっていくやなんて……元気になったな王様」

「ふむ、そしてロイド君に王はすっかり惚れこんでしまったみたいだな」

「惚れちゃうのは分かるよね～いい子だもん」

笑いながら三人は去り行く王様の背中を見送ったのでした。

そして――そんな彼らを覗《のぞ》いている一人の女性が柱の陰に隠れています。

「くくく、ええ事を聞きましたわ」

性格の悪そうな蛇を彷彿とさせる嫌らしい顔つき、黒髪をなびかせるやり手のキャリアウーマンのような出《い》で立ち……リホの義理の姉、メナの元上司でロクジョウ王国の魔術学園学園長、現在はアザミ王国諜報部部長のロール・カルシフェでした。

「さぁウチらも頑張るで」と盛り上がっているコリンらをじっとりと見ています、決して仲間に入れず眺めているわけではありません。ロールに友達はいませんが、そういうわけではありません……とだけ言っておきます、彼女の名誉のために。

ロールはほくそ笑むと何か算段が整ったのか踵《きびす》を返します。

「王様はロイド君に目をかけとる……こら色々チャンスですわ」

さぁロールはいったい何を企《くわだ》てているのでしょうか。そして「荊の呪い」その原因とは……激動のインターン編が今、始まろうとしております。

第二章

たとえば有能な若者が会社見学にきたら、ついつい依怙贔屓しちゃうようなよくある話

アザミ軍士官学校秋の恒例行事、配属先体験期間。通称「インターン」。

一般的な職場体験と同じようにアザミ軍の各部署へ卒業前の生徒たちがその部署の仕事を体験し、自分に合っているかどうか確かめたり希望の配属先に顔を売ったりする行事です。

生徒たちは各々の適正ややりたいことに即した部署を希望し体験するので大体二、三カ所巡って終わるのが多いのですが、それでも結構な数の生徒がいますので、忙しい時期に体験して地獄を見たり、予想以上の希望者であまり構ってもらえなかったり、逆に不人気な部署は手揉《も》みしてお迎えし生徒たちは逆に気を使ったり……なかなかカオスな光景が広がります。

基本的に二年生の秋口に始まるイベントですが王様の命令で早い時期に、さらに一年生も受ける形となり人数はいつもの倍、現場も体制を整えるのにてんやわんやでクロムも土下座二歩手前くらいの姿勢で終始頭を下げて各部署に無茶《むちゃ》を聞いてもらっていたそうです。

とまぁ本来は二年生がメインのインターン。彼らにとってはこれが人生に直結するかもしれない重要な行事、そこに一年生が特別扱いよろしく参加するもんですから……快く思わない者、妙な勘ぐりをする者がちらほらいました。

その中でもっとも憤り、もっとも快く思わなく、もっとも妙な勘ぐりをするお方がいらっしゃいました――

「どういうこと……一年は来年のはずでしょう……」

はい、ご存知二年生筆頭、ミコナ・ゾルさんです。

プライド高め＆マリーさんラブでロイドを一方的に目の敵にし、彼を含む一年生にも対抗意識を燃やしているこの女性は、彼らの特別扱いっぷりに納得がいっていない模様です。

しかしすぐさまポジティブシンキングを発動させると気持ちを切り替え不敵に笑い始めました……彼女打たれ弱いんですが立ち直りも早いんです。

「まぁいいわ、考えようによっては上級生の実力を示す絶好のチャンス、圧倒的な差をつければマリーさんも私のことを……踏み台になってもらうわよロイド・ベラドンナ」

「はい？　呼びました？」

「――独り言《ひとごと》にいちいちつっかからないように」

ミコナの隣にいるロイドが自分の名前を呼ばれ反応し、それを彼女が邪険に扱います。

ここはアザミ王国士官学校から軍の施設ひしめく中央区に通じる大通り。

そうです、今日がそのインターン初日、どういうわけか一、二年生交えた振り分けでロイドを含むいつものメンバー＋ミコナという組み合わせで各部署を巡る流れになってしまったのです。

そんなミコナの様子を見てリホは何かを察したようです。

「まぁどうせ「何で一年もインターンなの？　特別扱い？　気にくわない」って思ってるんだろうぜ」

彼女の推察にフィロも「……ん」と同意します。

「……そして上級生との格の違いをアピールするチャンス……と前向きに考え、やる気に満ちている」

「あなたたち私の心を的確に読まないように」

否定しないところがさすがミコナさんですね。

そんな行動原理をすべて把握されているミコナの隣で、セレンが同級生二人をたしなめるようなそぶりを見せます。

「お二人とも、これはインターンですのよ。お仕事中の諸先輩方の迷惑にならないよう私語は慎んでくださいね」

いつもと違う雰囲気のセレンにアランが訝《いぶか》しげな顔をします。

「なんだ？　やけに真面目《まじめ》じゃねーかベルト姫」

アランの言葉にセレンは「とうぜんですわ」と鼻を鳴らしました。

「ここでしっかり好印象を与えれば希望の配属先に行けますので！」

「セレンさん、行きたい配属先見つかったんですか？　すごいなぁ」

未《いま》だどこに行きたいか悩んでいるロイドはセレンに尊敬のまなざしを向けます。

「あらロイド様、そんな熱い視線を……皆が見ていますわ」

「白い目でな……で、結局どこに行きたいんだセレン嬢」

リホの問いにセレンはしれっと答えました。

「いえ、特にはありませんわ」

「……えぇ……ある流れだよ」

「卒業して、さぁ新婚生活だって時に物資輸送班など遠征する配属先でしたら、いきなり遠距離な間柄になってしまうではないですか。それを回避するために尽力するのですわ」

かなりセレンなセレンの回答にロイド以外呆《あき》れ顔でした。

そして彼女は付け足すように「でもまぁ」と言葉を続けます。

「でもまぁ、ロイド様や気心知れた皆様と離ればなれになりたくないから、どんな部署でも歓迎されるよう頑張ろうって気持ちもあります」

「アハハ、確かに気心知れた皆さんとまた一緒にいられたら嬉しいですね」

「……確かに、それは分かる」

「そうだよな、またボッチはイヤだもんなセレン嬢」

仲良さげなロイドたち。それに対しミコナはいつもだったら苦言を呈するのですが、一緒になって「分かるわー」と頷《うなず》いています。

「いいこと言うじゃない。悪印象を与えて地方の警備などに回され、気心知れたマリーさんと離ればなれになるのは勘弁ね……ここは争うのはやめ、将来のため一丸となって好印象をゲットしましょう」

ミコナとマリーが気心知れているかどうかはさておき、この期間は協力し合おうというミコナの意思表示。

そっと出した彼女の手の上にロイド、セレン、リホ、フィロが重ね合わせます。

「みんな！　頑張るわよ！」

「「「「おー！」」」」

その輪を離れて眺めているのはアランでした。

「えっと、俺《おれ》も交ぜて欲しいんだけど」

「あら？　とにかく嫁さんから離れたいアランさんは頑張って悪印象を残して地方の寂《さび》れた場所を警備したいんじゃないんですか」

「言い方！　てか地方警備をバカにするなよ！　俺はレンゲさんから適度に距離をとれたら一番なだけだから！　第一志望は外交官だから！」

「嫁さんと離れたいから外交官って……あなた外交官バカにしているわね、お給料もトップクラスで素養も必要な倍率高いあの配属先を選ぶの？　控えめに言ってクズね」

辛辣《しんらつ》なミコナの言葉に言い返せないアランは巨体を縮めて申し訳なさそうにします。

「言いたいことは分かりますが……束縛がひどくてお察しください……この前なんかノートいっぱいに書いた人生設計図を見せられて子供の名前まで決めようって言ってきたんですよ……」

「理想の夫婦関係じゃないですか」

愛に関して全く説得力のないコメンテーターのセレンがレンゲの行動を絶賛していますが、誰からも賛同を得られていませんでした。ロイドですら若干《じゃっかん》引き気味です。

そんなちょっとしたハプニングも挟みつつ、一同は最初のインターン先へとたどり着きました。

軍事施設的なイメージとはかけ離れた、ポスターや標語、マスコット人形など宣伝的なものが廊下の至るところに飾られています。

ここはどこだろうと資料を読み始めたロイドが納得の声を上げました。

「えーっと最初は……あぁ、広報部ですね！　イベントの告知とか王様や軍が今月何をやったか国民の皆様に伝える月報を作ったり、軍のイメージアップに尽力しているところです」

「あぁ、ロールから聞いたことあるぜ。情報戦略とかいって諜報部《ちょうほうぶ》と連携とって軍の印象をよくしようと躍起だってな……たしか最近士官候補生のアランって奴《やつ》を「期待の新星」と持ち上げて下駄《げた》を履かせまくったのもここが主導だぜ。まぁやりがいのある裏方だよ」

持ち上げられ下駄を履かされていると口さがなく言われたアラン、事実なのでバツの悪い顔をします。

「勘弁してくれ女傭兵《ようへい》、俺も過剰に持ち上げられて結構困ってるんだ」

「何？　持ち上げられすぎてつれーわー、とか普通の生活憧《あこが》れるわーとか有名人気取り？　キモいわよ」

ミコナのなかなかエグい一刀両断にアランは全力で反論します。

「そういう意味じゃないですよ！　有名人の俺つれーわーとか二時間しか寝れねーわーって訳じゃないんです！」

「ふん、それも今日まで、今度は二年筆頭ミコナ・ゾルが好印象を残して持ち上げられるから安心なさい」

「もう一緒に頑張りましょうと言ったミコナさんがいなくなりましたわ。あの円陣は何だったのでしょう」

「争ったり足を引っ張り合うのはやめるって意味よ。よーいドンならば確実に二年生である私が好印象ゲットするのは間違いないわ」

争う気はなくとも結局はいつもの自信過剰なミコナさんでした。

一方、華美な様相と事務仕事と聞きフィロは無表情の顔にほんのりと苦手な雰囲気をにじませます。

「……事務……そして宣伝……私には不向きかも」

そんな彼女の背中をロイドが優しく叩《たた》きます。

「そんなこと言わないでください。もしかしたらフィロさんに広報の素質があるかも知れませんよ！　全力で頑張りましょう！　僕も頑張りますから！」

「……ん、師匠が言うなら」

そしてロイドが意気揚々《ようよう》と広報部の扉を開いた瞬間――

「ウェルカーーーーーム！」

威勢良く広報部の部長がロイドたちを大歓迎したのでした。

予想外の出来事に一同きょとーんとしていますね。それもそうでしょう、勉強させてくださいと本来こちらから頭を下げるべきところにコレですから。

そしてふっかふかのソファー、お茶とお菓子の用意された応接室に案内され、一同はさらに困惑します。

もはや歓迎を超えて接待の領域に片足を突っ込んでいる状況。

ミコナはあらぬ心配をし始めます。

「どういうこと……もしかしてこれを食べたら減点とか、そういうテストをさせられているわけじゃないわよね」

彼女の心配をよそにフィロは躊躇《ためら》うことなくお茶とお菓子に手を伸ばしました。さすが食いしん坊ですね。

「……うまし」

「フィロ・キノン……非常識な行為は慎みなさい、連帯責任で全員減点とかも考えられるのよ」

「……大丈夫、毒が入っていないかは確認した……常識ばっちぐー」

「戦場での常識を持ってこないでくれる?」

しかし、ミコナの心配をよそに広報部長はニッコニコの笑顔を崩さないままお茶を勧めてきます。

「やぁよく来たねロイド君にアラン君、そしてご学友の皆さん。どうも広報部の部長です……あぁ遠慮せずお茶飲んでくださいね」

ニッコニコの彼を見てロイドたちは先の栄軍祭での事件を思い出しました。

事件対策本部にいたお偉いさんの中で一番自分の進退を気にしていて「軍のイメージを損なってはダメだ」とか「今までかけた宣伝費がパァだ」など終始わめいていた……非常に分かりやすい御仁です。

彼は笑顔を絶やさぬまま、まずはアランをねぎらいました。

「いやーアラン君、この前の地方表敬訪問ありがとうね」

「え、えぇ」

おや、若干アランの歯切れが悪いですね、何かあったのでしょうか。

「かのドラゴンスレイヤーアランが激励に来てくれたおかげで地方に出向している面々のモチ

ベーションも上がったし。私も地方の美味《おい》しいお店巡れたりでいいこと尽くしだよ……おっと

これは皆さん他言無用で」

「あ、ハハハ……」

「今度は君の希望通り温泉と魚の美味しい海沿い駐屯地の激励を計画しているから、またよろしくね」

「きょ……恐縮です」

さんざんさっき「辛《つら》いんだぞ」と言っていたのに国の金でめっちゃエンジョイをしていたことを暴露されたアランさん。ロイドは苦笑し女性陣は白い目です。

「表敬訪問先で接待されてつれーわー……ですの？　なんか楽しんでいる気がするのですが」

「……政治家とか向いていないタイプ」

「ハニートラップにも全力で引っかかるだろうなコイツは」

「控えめに言ってゴミね」

女性陣に散々いじられ、恥ずかしさのあまりアランは赤面します。

そして「ダメですよ」と苦笑いでたしなめるロイドに広報部長は向き直りました。

「ところでロイド・ベラドンナ君」

「うぇ!?　あ、ハイ」

話かけられるとは思っていなかったロイドはビクッと肩をすくめてしまいます。

そんな彼の手を広報部長はガシっと握ると熱を帯びた表情で栄軍祭でのロイドの活躍を褒《ほ》め称《たた》え始めました。

「ロイド君！　先の栄軍祭での事件は君の八面六臂《はちめんろっぴ》の活躍で事なきを得た！　私は非常にひっじょーに感謝しておる！」

「あ、ハイ……でもそんな大したことは……」

ちなみにロイドがやった事は誘拐された王様を保護し、広場で暴れる石の魔王を粉々に砕き被害を最小限に抑えたことです。めっちゃ大したことですね。

とまぁ反射的に謙遜《けんそん》してしまう相変わらずのロイドに「そんな事はない」と広報部長はなおも讃《たた》えます。

「謙遜することはないぞロイド君！　君はもう我が軍に欠かせない存在！　ホープ！　超新星！　アラン君と同じくらいの逸材なのだよ！」

明らかに温度差の違う広報部長の過剰なまでのリップサービス。ロイドだけでなく他《ほか》の面々も若干引き気味です。

そしてグイグイくる広報部長は自然な流れで「職場体験」と称しロイドにお願いをし始めるのでした。

「そんな君に今回のインターン、やってほしい事があるのだよ。ジオウ帝国と冷戦状態、国内では妙なトラブルが多発している現在！　アザミ軍は国民のため精力的に頑張っていることをアピールしなければならないのだよ！」

　いきなり責任重大な仕事を頼まれそうになるロイドは困り果てました。

「そんな重大そうなことを僕に……何をするかは分かりませんが、僕なんかよりアランさんの方が適役だと思いますよ」

「いやいや、そんな事はない……絶対に」

　絶対にとまで言われ、本当に何をするんだろうと気になり始める一同。

　そんな機微など意に介さず、広報部長は懇願します。

「そろそろ風邪《かぜ》のシーズンでね、軍の衛生班から注意の呼びかけを頼まれたのだよ。その宣伝ポスターに是非ともロイド君を起用したいのだ！」

　その言葉を受け、横で聞いていたセレンは大納得です。

「確かに、トイレに入った後も手を洗いそうにないアランさんに「手を洗おう」などとポスターで呼びかけられても、目にする人目にする人「何言ってんだコイツ、顔を洗って出直して来いよ」と言われるのは確定ですわ」

「ご期待にそえられなくて申し訳ないけど、ちゃんと手ぐらい洗うよ俺！」

　二人のやり取りなど気にも留めず、広報部長はなおもロイドに懇願します。

「と、いう訳なのだ！　風邪が蔓延《まんえん》しないよう少しでも予防を呼び掛けたいのだ！　頼む！」

　ロイドはそこまで言われて「分かりました」と決心した模様です。

やると決めたロイドは力強く頷き、広報部長の頼みを聞き入れるのでした。

「国民の皆様のお役に立てるなら、その依頼受けます……で、何をすればいいんですか？」

「帰ります、お疲れ様でした」席を立つロイド
「これを着て欲しいんだ」ナース服

笑顔でピンク色のナース服を取り出した広報部長を尻目《しりめ》に、颯爽《さっそう》と帰ろうとするロイド。

そんな彼をミコナが笑顔で制止します。

「どこへ行こうというのかしらロイド・ベラドンナ。あなたさっき全力で頑張るとかなんとか言ってなかったかしら。さぁとっととナース服を全力で着こなしなさい」

「なんですかナース服を全力で着こなすって！　せめて看護師の服でしょう！」

日頃《ひごろ》の恨《うら》みを晴らすべく嫌がらせをするミコナにド正論で反論するロイドですが――

「でも絶対似合いますわ！」

「広告戦略としては大正解だな、絶対目を引く」

「……手を洗おうって思う、絶対」

これまたロイドのナース服姿を見たい女性陣に押し切られます。絶対を連呼しすぎでしょう。

とまぁ「絶対似合う」のド正論で押し切られたロイドは「何でもやる」と自分で言った言葉

を曲げない……と半ば意地、半ばやけくその状態で渋々了承したのでした。

「分かりました……色々言いたいことありますが……国民の皆様のためになるのなら……」

次の瞬間、「言質取った」と言わんばかりに奥の更衣室へと促《うなが》されます。

「さぁロイド君、国民のためにこのナース服に袖《そで》を通しなさい。大丈夫、あなたの体型は栄軍祭で採寸したからいい感じでピッチピチ&膝上《ひざうえ》十センチのミニスカになっているはずだから」

いつの間にか現れた上級生のメガネ女子先輩（コスプレ趣味）に腕をガシッと摑《つか》まれてさすがのロイドもたまらずツッコみます。

「何でいるんですか先輩！　ていうかミニスカ⁉　おかしいですよ⁉」

「男子の可能性は無限大」メガネクイー
そしてあれよあれよとロイドは簡易更衣室に連れて行かれ、人生初のナース服に袖を通すことになりました。

——数分後。

バシャッ！　バシャシャシャッ！　バシャシャシャッッ！

広報部内にある撮影スタジオに重厚なシャッター音が響き渡ります。

被写体はもちろんロイド・ベラドンナ。

衣装はピンクでピッチピチのミニスカナース服です。

もはや予防のためのポスター撮影というよりはいかがわしい地下アイドルの撮影会にしか見

えません。

そんなディープな状況に身を投じるハメになったロイド、顔はもう恥辱の極みみたいな混乱一歩手前の表情です。

「いいよーロイド君！　素晴らしい表情！　可愛《かわい》さでアザミ軍の人気もうなぎのぼりだ！」

被写体も引くレベルのアグレッシブな褒め言葉を連呼する広報部長。

そしてそれに紛れてなぜかセレンも写真をバッシャバッシャ撮っています。おそらく自分用でしょうね。

「ロイド様ーー！　視線をこっちに！　ですわ！」

さすがにその行為をリホとフィロが咎《とが》めます。

「オイ、少しは抑えろセレン嬢、お前自分の欲望に忠実すぎるぞ」

「………………ん」

注意に対しセレンはしれっと答えます。

「あら、あとで焼き増しして差し上げようとしたのですが……お二人とも必要ないと」

「ロイド！　これも貴重な体験だ！　我慢しろ！」

「………………ん！」

あっさり買収されるリホ&フィロ。前々から思うのですがこの面々政治家に向いていない人間が多すぎですね。

一方アランはというとレフ板を必死に調整しながら、少しでもロイドが綺麗《きれい》に映るよう頑張っていました。

「ロイド殿！　弟子として！　俺にできることはこのくらいです！　アザミの照明王ことアランが師匠であるロイド殿を少しでも美しく映るよう頑張ります！」

「美しくって！　そんなの望んでいませんよぉ！」

「ご安心召されよロイド殿！　ぬおぉぉ！」

熱中しロイドの叫びも聞かず照明に勤《いそ》しむアラン、余計なお世話とはこのことですね。

過去、映画の撮影で培《つちか》った照明技術をフル活用するアラン……自分の特技を披露できると察するや否《いな》や、つい出しゃばってしまう人っていますよね。

盛り上がってしまっている撮影現場に一番困惑しているのはロイドです。

「何ですかこの雰囲気！　予防喚起《かんき》のポスター撮影の熱気じゃないですよ！」

「素晴らしい表情……次は手を広げて求めるような感じで！」　メガネクイー
メガネ女子先輩もどさくさに紛れてポーズを要求します。

「いいねー「手を洗ってください」と訴える瞳《ひとみ》でよろしくたのむよ」

「広報部長！　訴える瞳ならアングルは上から！」

「ごめん！　誰か脚立《きゃたつ》を持って来て！」

メガネ女子先輩の要求に広報部長は全力で応《こた》えています。どっちが上官だか分からないですね。

「何で先輩がポーズ要求して部長はすんなり受け入れるんですか！　上下関係はどこへ⁉」

ロイドのツッコミは自分の欲望に囚《とら》われた哀れな人間には届きそうもありませんね。


一方その頃、コンロンの村では――

「ぬぅ」

「どうしたアルカ氏、畑仕事の手が止まっているぞ」

「なにやらロイドがピッチピチのミニスカナース服を着て赤面している気がする……サタンよ、ちと農作業はいったんストップじゃ」

「急に何言ってるんだアルカ氏⁉　そんな状況になるわけないだろ！　逃げる言い訳にしてももう少しまともなのを考えてくれ！」

「ぬわー離さんか！　本当なんじゃ！　本当にロイドがナース服を着て羞恥《しゅうち》に悶《もだ》え火照《ほて》って！しかも必死にツッコんでも誰も聞く耳持たず涙目になっている！　そんな気がするのじゃ！」

「幻覚症状が出ているのなら、ますます野に放てんよ！　拗《こじ》らせるにもほどがあるぞ！」

以上、センサービンビンのアルカさんでした。


さて、そんなポーズを要求されること数十分……撮影は無事終了したようです。

「いやーいい画が撮れたよ！　ありがとうロイド君！　これでアザミ軍のイメージもモリモリアップすること請け合いだ！」

「よ、予防は？　……イメージアップじゃなくて……予防の注意喚起ですよね……」

ロイドは恥ずかしさに火照り燃え尽きていました。約一名無事ではなかったようですね。

へたりこんで肩で息をする彼のもっともなツッコミをスルーする広報部長。偉くなるには必須のスキルなんでしょうか。

メガネ女子先輩も満足げな表情で何度もメガネをクイクイさせながら頷いています。

「燃え尽きた表情もまた良し」メガネクイー
「同級生だけど……ちょっと怖いわね、あの自分の欲望に忠実な姿勢は」

ミコナですら戦慄《せんりつ》するメガネ女子先輩はちゃっかり自分用の写真を懐《ふところ》に収めるとやりきった表情を見せています。

そしてロイドは汗だくになりながら自分に言い聞かせています。

「これは……僕に課せられた試練なんだ……何ができるか分からないけど頑張ることには、苦痛が伴うんだ……それが大人になるということ……そう思わないと……やってられません」

後半ぽろっと本音が漏《も》れてしまいましたね。

そんなロイドの燃え尽きた表情を見たフィロが一言つぶやきます。

「……やっぱ私には向かないかな、この部署」

「こんな状況になるのなら、アタシだって向かねーよ」

リホはホクホク顔のセレンと自分の特技を披露できて満足げなアランを見やりながらフィロに同意したのでした。

「そのナース服はプレゼントするわロイド君、ぜひ広報部に、待ってるから」メガネクイー
「うむ、そうだロイド君！　あぁあとさっき撮影したインスタント写真にサインをしておいてくれ、ファンの子にプレゼント……いや、抽選……とにかく頼むよ！」

メガネ女子先輩と広報部長にナース服とポラロイド写真を入れた袋を渡されるロイドは死んだ目をしています。

「あの……メガネ女子先輩は何者なんですか……インターンはどうしたんですか？」

「趣味と実益を兼ね広報部でアルバイトをしているの、もちろん卒業後もここで働くつもりよ」

「そ、そうですか……もうやりたいこと、できることが定まっているんですね」

メガネ女子先輩は「然《しか》り」とメガネをクイクイさせた後、広報部長に指示を仰ぎます。

「さ、部長、次の指示を。たしかポスターのキャッチコピーを考えるんですよね」

「うんそうだよっ！　エフワン層の人気獲得できるキャッチコピーを考えよう！　では君たち、午後もインターンあるんだろう、頑張ってね～また頼むよロイド君にアラン君！」

意気揚々と一同を見送る広報部長。

ロイドは肩を落としゲッソリとした表情で次の場所へと向かうのでした。

「これが広報部……なかなか楽しい部署でしたわね」

「お前は自分の撮りたい写真が撮れて満足なだけだろベルト姫……あぁロイド殿、お疲れのようですね、写真などは自分が持ちます」

気を利《き》かせるアランにロイドは力なく頷きました。

「あ、はい……ありがとうございますアランさん……」

元気のないロイドにミコナが叱咤《しった》激励をします。

「まだ一カ所しか回っていないのにずいぶん疲れたみたいねロイド・ベラドンナ。リホ・フラビンやフィロ・キノンを見習いなさい、シャキッとしているわよ」

たぶんそれ、ロイドの写真を眺めて背筋を伸ばしているんですよ。尊い写真や画像を見ると背筋が伸びてしまう……さながらエロ画像を目にした免疫のない男子、といったところでしょうか。

そして次のインターン先を目指す一行は訓練所のある棟へと足を運びました。

「えーっと次はどこだロイド」

「次はアザミ軍国内警備部ですね……うん、ここなら変なことはされないかな」

アザミ軍国内警備部。

地方国境警備、海上警備、魔術犯罪対策警備などなど市民の安全を守る部署はたくさんありますが今回訪問するのは国内警備部――まぁ警察に近いものだと思ってください。

盗難などの犯罪の取り締まり、アザミ近隣の魔物から平和を守る部署です。もっとも国民に近く軍のお仕事と言われれば誰しも真っ先に思い浮かべます。

「……腕がなる」

武闘派のフィロは相変わらずの真顔ですがやる気がにじみ出ています……ていうか殴り込みに行くような感じです。

「フィロよ、道場破りじゃないんだぞ」

苦言を呈するアラン、そしてロイドは戦々恐々の顔つきです。

「でも訓練棟ですよね、もしかしたら組手とかするのかもしれません。怖いなぁ」

「うぇ、訓練かよ……普段から授業で体いじめているのによぉ、ここでも訓練とか勘弁してくれよ」

露骨に嫌な顔をするリホ、片やミコナは「ならいいじゃない」と余裕の笑みでした。

「何弱気になっているのロイド・ベラドンナとリホ・フラビン。ここにいる人間は、私以外常識はいざ知らず、普通の軍人と比べたら実力だけは折り紙付きでしょ。最高にアッピールできるじゃないの」

「体に魔王の力を宿しているミコナ先輩に常識云々《うんぬん》で言われたくないですわ」

ちなみにミコナはその気になれば羽が生えて空を飛べたり木の根っこで触手プレイもできま

す。常識とは何ぞやと言いたくなるでしょう。

閑話休題。

というわけで何をするのだろうと気になりながら訪れた一行を待ち構えていたのは厳《いか》つい国内警備部統括《とうかつ》の男性でした。

「やぁよく来たね君たち」

この人も先の栄軍祭でお偉いさんとして全員覚えのある顔でした。さっきの広報部長と比べたら比較的……いや、比べるのも失礼なくらいしっかりした人間の登場に一同背筋が伸びました。

「そう固くならなくていい諸君」

ガッシリ全員と握手する警備統括の男。さっきの「ウェルカーム」との差が激しくて余計に緊張してしまいます。

「どうしましょう、まともな人ですわ」ゴクリ

「……確かに、まとも」ゴクリ

身もふたもない事を言うセレンとフィロですが、今までまともじゃない登場をする人間があまりにも多すぎたので無理もありませんですね。

警備統括の男は色々察したのか嘆息《たんそく》します。

「あぁ、君たちはさっき広報部の体験をしていたのか……警戒するのも無理はない、ウチは普

通だ、安心したまえ」

何もかもまとも、逆に何か裏でもあるんじゃないかと邪推してしまうくらいでした。

「あの人はちょっと……いや、かなりお調子者なところがあるからな……まぁ、栄軍祭での君たちの活躍に感謝している……特にロイド君にはね。無茶なことはさせないよ」

また目をかけられているロイドを見てミコナは舌打ちしました。

「チィ、私も頑張ったのにまた美味しいところはロイド・ベラドンナ……」

「ところで、ここでのインターンでは何をするのでしょうか？　また撮影とかではないですよね」

よほどさっきのポスター撮影がトラウマなのか、真っ先に内容を確認するロイド。

察しのいい統括は「大丈夫だ」と念押しします。

「国内警備という仕事柄、基本変なことはしないしさせないよ。士官学校ではやらない、より現場に近い訓練を体験してもらう予定だ」

「……ほう」

腕まくりを始めるフィロに警備統括の軍人は笑います。

「ハハハ、現場とは言っても実戦ではないぞ。たとえば要人警護の動き方の訓練、職務質問するときの声のかけ方などだ」

「職質なら私何度も受けているのでやり方ややられ方、逃げ出し方なども熟知していますわ」

全然胸を張れないことを得意げに言い出すセレン。さすがストーカーとしてブラックリストに載っているだけありますね。ハッカーが自分を雇えと警察のサイバーテロ対策課に売り込みに来たようなものですねこれ。

警備統括の男も顔をひきつらせながら会話を続けます。

「今後のためにぜひレクチャーを受けたいところだが……今回の訓練はもう決まっていてね、インターン諸君も一緒に受けてもらうぞ」

「どんなレクチャーなんですか?」

ロイドの問いに彼が答えます。

「不審物チェック、不審者への声かけ、そして持ち物検査……今は敵対するジオウ帝国と冷戦状態だけど、こっそり国内に侵入して何か仕掛けてくる可能性もある。だから今、そういった訓練はかかせないのさ。最近妙なトラブルも多いことだしね」

さっきも広報部長に同じことを言われたのを思い出し、気になったリホが質問します。

「広報部でも聞いたんですけど何かトラブルが起きているんですか」

警備統括の軍人は「ここだけの話」と前置きをするとそのトラブルについて話し出しました。

「ノースサイドや旅行客を中心に喧嘩《けんか》が多発していてね。暴言を吐いたり情緒が不安定になったり……うっすら荊《いばら》のような模様が皮膚に浮かび上がることから、内部じゃ「荊の呪《のろ》い」なんて言われているよ」

「荊の呪い？　ウチの村長がマリーさんにするような奴かな？」

ロイドのつぶやきを冗談ととらえた警備統括の軍人は静かに笑いました。冗談でも何でもないんですけどね。

「ハハハ……ま、偶然かもしれないしあまり国民の不安を煽《あお》るわけにはいかないので内密に頼むよ」

彼は会話を続けながら訓練棟の内部に案内してくれました。士官候補生の訓練施設と違い、最低限のトレーニング機器が設《しつら》えてあるだけでどちらかというと体育館に近い感じでした。

そこにはもうすでに大勢の軍人が軽くおしゃべりしながら並んでいました……しかし警備統括が中に入った瞬間私語は一瞬で収まります。

「うお、たくさんいる……これ全員警備の軍人ですか」

リホの問いに警備統括の男は口元を緩めます。

「そうだよ、ちなみにここにいるのは国内警備班のほんの一部さ……一斉に訓練したら警備する人間がいなくなるし何よりこの訓練棟じゃ収まりきらない。そして海上警備に地方警備……すべてを集めると訓練棟がいくつあっても足りないな」

「うへぇ、これで一部か……大変ですね」

舌を巻くリホは思わず上官に同情してしまいました。

「ハハハ、だから優秀な候補生はいつでも大歓迎だよ……おや？」

気が付いたら警備の軍人がセレンの方を見てはにわかにざわついていました。

「あれが噂《うわさ》のブラックリスト……」『呪いのストーカー、セレンか……』『国外に火炎瓶《びん》をダースで持ち込んでロクジョウの国境警察から逃げ切ったらしいぜ……」

そのざわつきを見てセレンが鼻を鳴らします。

「ふふん、どうやら私たち士官候補生の活躍はここまで届いているようですわね、このどよめきは」

「私たちはやめてくれ、ベルト姫……」

好意的解釈に定評のあるセレンをアランが咎めました。歓声と悲鳴を間違えるようなものですね。

統括は困り顔になりながらインターン勢に整列するよう促します。

「さ、先輩方はみんな整列している。早く君たちも並ぶんだ。荷物は足元に置いておいてくれ」

急いで他の軍人と一緒に整列する一同。

警備統括の男は軍人たちの前に出るとビシッと敬礼します。

凛《りん》とした雰囲気が訓練施設を包み込みました。

「ご苦労諸君……さて、もう連絡はいっていると思うが本日の訓練は不審者、不審物のチェック、及び持ち物検査の訓練だ。何回も行っている訓練だが気を抜くことのないように……特に最近は妙な呪いも流行《はや》っているとの噂、それに伴うトラブルも多発している。それらがジオウの策略の可能性は無きにしも非《あら》ずだ、心してかかるように」

「「「「ハイ！」」」」

そして統括は続いて「国力の低下を狙《ねら》ってジオウ帝国は攻めてくる」「国民が安心するためには我々の活躍を見せる必要がある」という旨の話を切々と語りました。

もはや挨拶《あいさつ》というより演説の域に差し掛かり、リホが「メルトファンの旦那を思い出すぜ」と小声でぼやく頃、ようやく訓練が始まりました。

「――と、いうわけで早速訓練を開始する。まずは身体検査、持ち物チェックの訓練だ」

刹那《せつな》、身体検査というワードにセレンが食らいつきました。

「ハイハイハイ！　私ロイド様の身体検査をしたいですわ！」

さすがブラックリストに載っている女、セレン・ヘムアエン。お触りチャンスとあらば逃しません。

鼻息荒いセレンをリホとフィロが押さえます。警備統括も汗を垂らしながら落ち着くように訴えます。

「まぁ待ちたまえセレン君。実はこの訓練に特別講師をお招きしているのだよ……ではどうぞ」

彼に呼ばれて現れたのは……アザミの軍服に身を包んだアスコルビン自治領のオードック一族が長、レンゲ・オードックでした。

「げぇ、レンゲさん」

鬼嫁登場に小さな声で狼狽《うろた》えるアラン、実に分かりやすいですね。

レンゲ優雅に一礼すると凛とした声音で整列している軍人に声をかけます。

「特別講師のレンゲ・オードックです。日々の武術訓練でお世話になっていますが今回はこちらの訓練もお手伝いさせていただくことになりました…不審物、持ち物チェックの基礎についてしっかりお勉強しましょう。どうぞよろしく」

心なしか先ほど以上に現場がピリついているのを肌で感じたリホが小声でフィロに話しかけます。

「噂通り鬼教官やってるみたいだな……この雰囲気、クロム教官並みじゃね？」

「……アスコルビン自治領の領主アンズさんにも後れを取らない実力者……さすが」

「――と、いうわけで、これから私がエレガントにレクチャーします」

一瞬、ちらりとアランの方を見るレンゲ。

一方、セレンはセレンを実行します。

「では、満を持して！　二人一組でロイド様と！　どっちがどっちをまさぐりますか？　お好きな方を！」

「いや、え？　ちょっとまさぐるとか……」

狼狽えるロイド。そして暴走するセレンをレンゲは微笑を浮かべてやんわり咎めます。

「セレンさん、昨今コンプライアンスがまことしやかに囁《ささや》かれる中、男女で身体検査などしたらセクハラになってしまいます……ここは抑えてください」

しっかり教官しているレンゲ、セレンも「しょうがないですわね」とあっさり引き下がりました。

「分かりました「ここは」抑えますわ。帰ってから復習しますので」

「ポジティブすぎですよ我が主……グゲェ」

無言でベルトに憑依《ひょうい》したヴリトラを蝶々《ちょうちょう》結びをするセレンでした。

「身体検査などを実施する場合はのっぴきならない理由がない限り同性がやる方が望ましいということは理解していてください」

同性が望ましいとレンゲに言われ、ミコナは本気で悔しそうにします。

「くぅう……マリーさんがいればっ！」

「……マリーさん軍人じゃない」

ぶれないミコナにツッコむフィロ。

相変わらずの士官候補生たちを尻目に、レンゲは早速レクチャーを開始しました。

「まず私がお手本を見せます、アラン殿、前へ」

「はいぃぃ⁉　俺ですか⁉」

いきなり指名されアランは顔が強張《こわば》りました。レンゲはしれっと答えます。

「何って、身体検査なのに相手がないとできないではないですか。さぁ、エレガントに前へ」

目にも止まらぬ速さでアランの腕を摑んで皆の前に引きずり出すレンゲ、なんか万引き犯を捕まえた光景に見えますね。

小鹿のように足をプルプルさせながらアランは「何で俺なんですか」と異を唱えます。

「ちょ！　レンゲさん！　さっきコンプライアンスどうのこうのでのっぴきならない時以外は同性が望ましいと言ったばかりじゃないですか！」

レンゲは顔色一つ変えずに答えます。

「そうですよ、だからです」

「はい？」

要領を得ない返答に困惑するアラン、そしてレンゲは持論を展開します。

「のっぴきならない場合、すなわち女性が男性の身体検査をしなければならない事を想定しての訓練です。イレギュラーはよくあるではないですか」

「だからって今やるんですか！」

「ええ、夫婦が揃《そろ》っている今こそ、そのレクチャーをするエレガントなタイミングです。それとも何でしょうか、何か隠し事があるのでしょうか？　――では皆さまメモのご用意を」

「え、ちょ、えぇ⁉」

レンゲは戸惑うアランを無視し、冷静かつ淡々と身体検査のレクチャーを始めました。

「まず上着、妙な膨らみがないのかチェック。タバコを吸う方はマッチなどを確認しましょう。

特に要チェックなのは財布です、いかがわしいお店で酔っ払って支払いをする時、高確率でそのまま名刺をお札入れにしまう可能性が高いです。そしてそれをすっかり忘れることも——」

レンゲの行動を見てミコナ、セレン、フィロが慄《おのの》きました。

「これ、身体検査じゃないわ……完全に夫の浮気《うわき》チェックよ」

「確かにのっぴきならない状況、まさにイレギュラーですわね」

「……キャバクラは浮気の一部……」

もう身体検査の体などどこ吹く風、レンゲは真剣な目でアランの浮気チェックを敢行します。

一部の女性陣が猛烈にメモを取り始め、一部の男性陣がいそいそし始める異様な光景。

警備統括が「ちょっと違うんじゃないかな」とレンゲを制止しようとします。

「あのーレンゲさん、ちょっと趣旨《しゅし》とずれている気が……ヒィ」

しかしレンゲと一部の女性陣（おそらく夫、彼氏持ち）が鋭い視線まなざしで警備統括を睨《にら》みつけます。「今いいところだから黙ってろ」と目で訴えられ彼は身をすくめました。

邪魔もなくなりレクチャーはどんどんヒートアップします。

「首筋のキスマークに香水の香《かお》り……昨今は洗剤に香りが付いているので、いかがわしい行為をした後に体を拭《ふ》くタオルの香りが体につく場合があります。自宅の洗剤と違う香りがしたら真っ先に疑いましょう……ふむ、大丈夫そうですわね、さすがアラン殿」

匂《にお》いやキスマークなどの異常はなし、財布も四つ葉のクローバーが忍ばせてあるという微笑《ほほえ》ましいハプニングがありましたが概《おおむ》ね問題ない夫にレンゲはご満悦です。

「と、いうわけで以上、夫の浮気チェックレクチャーでした」

「アハハ、もう完全に浮気チェックって言っちゃってますねレンゲさん」

「どーりでアランを前に連れ出したわけだ、抜き打ちで浮気チェックしたかったんだろうぜ」

「……公開で抜き打ち……何かあったら言い逃れできない……策士」

一部の女性陣から万雷の拍手を受けるレンゲを見て、ロイドたちは乾いた笑いをするしかありませんでした。

充実した表情の一部の女性陣と財布や体臭をさり気なく確認する一部の男性陣。

さぁ浮気チェックが終わったかと思いきや、レンゲはすぐさま次の行動をとります。

「まだこれで終わりではありませんよ」

「え、まだっすか⁉」

もう勘弁してくれと表情で訴えるアラン、しかし彼女の意思は小動もしません。やる女です。

「続いて手荷物検査です、浮気の証拠はどこに潜んでいるのか分かりません……心を鬼にして実行しましょう」

「やっぱ浮気チェックなんだレンゲさん……」

警備統括の嘆《なげ》くような声など耳に届いていないようでレンゲは淡々と手荷物検査を実行しようとしました。躊躇うことなくアランの足元にあった紙袋を調べようとしました。

――そう、ロイドに渡され気を使ってアランが持ってあげたナース服&ロイドのナース服生写真です。

「あ、ちょ！　レンゲさんそれは！」

皆さんもご想像ください、愛すべき夫が大事そうに持っていた紙袋の中からナース服を着た少年の写真と着ていたであろうナース服が出てきた瞬間を……

「…………………」

問答無用の修羅場ですよね（笑）

「ちょっと待ってくださいレンゲさん」

「えーと皆さま、エレガントに浮気チェックのレクチャーは終了しました」

「聞いてくださいレンゲさん、その紙袋の中身はですね……」

「では続いて夫の特殊性癖が発覚した場合の対処法……即《すなわ》ち夫のボコしかたの実践練習だべ」

アラン終了のお知らせのようですね。

「レンゲさーん！　地が出ていますよ！　それには大して深くない訳があぁぁぁ」

「深くなかったらそれはそれで大問題だべ！　なんだべ!?　オラから離れたいのはこの趣味のせいだか!?」

「違うんですよ！　それ軍のポスター撮影の衣装です！　その写真も――」

「んなポスター撮影するなんてどこの軍だべ！」

アザミ軍です。

「そうですよね、それが正しいリアクションです」

悟った目でポロリと本音が漏れてしまうロイド。やっぱり納得していなかった模様ですね。

「嫌な予感って当たるんだべな……この前、幸せとは何たるか、夫婦とは何たるかを共有できたかと思っていたらこのザマだべ。もっぺん骨の髄《ずい》まで愛を叩き込む必要があるだな」

「ちょ、レンゲさん⁉　レンゲさーん⁉　――あぁぁぁぁ⁉」

レンゲに首根っこをガッシリ摑まれ、アランは訓練棟から引きずられていったのでした。

「嫌な予感がして抜き打ち検査……そして連行……とんでもない愛ですわね」

「あなたが引くのもよっぽどね、セレン・ヘムアエン……」

あのセレンが引くのを見てミコナも驚いています……レンゲもまた、ストーカーの逸材ということでしょうか。

「ま、夫婦間に口出しするのは野暮《やぼ》ってもんだな」

「……ん」

華麗に見捨てる同級生たち。

そしてレンゲ退場後普通の訓練が始まり、気が付けばインターン初日は終了しました。

戦死者一名（アラン）精神的重傷者一名（ロイド）という散々な有様。

自分のやりたい事って何だっけ……ナース服を着させられ余計に闇《やみ》の中を彷徨《さまよ》っている気分

になったロイドでした。

自分に何ができるんだろう――

自分は何を目指すべきなんだろう――

ロイドはそんな求道者一歩手前の境地になっていました。

とりあえずすべて頑張ると意気込んで挑んだインターンの初日。

彼は初手ナース服という定石にない一手を取られ面食らったのでした。

続いてレンゲによるアランの公開浮気チェック……そしてそのまま一日目終了。

ロイドが得たものはナース服にサイン用の生写真……

みんなと別れ帰路につく彼の姿はどこか力なく儚《はかな》い足取りでした。

時折「いや、まだ初日だし！」と急に意気込んだかと思ったら「でも今日みたいなのがずっと続くのもなぁ」と落ち込んだり、落ち込んだかと思ったらまた元気になっての繰り返し……とまぁ不安定な精神状態。仕事で重大なミスをした新人のようなムーブをしていました……本人悪くないのに可哀想《かわいそう》ですね。

そんな彼を建物の陰から心配そうに見つめている青年が一人いました。

「いったいどうしたんだロイド」

ショウマです。

コンロンの村出身で健康的なバンダナと小麦色の肌がトレードマークの青年。

運び屋をやっていて一見気のいい街の兄ちゃんといった雰囲気ですが、裏の顔は世界に魔王を解き放ち混乱に陥《おとしい》れようとしているユーグの仲間の一人であります。

それは最強の村出身で「小説のような軍人を目指したい」というロイドが外の世界の弱さに絶望しないよう、彼にとって歯ごたえと達成感、充足感を得られるよう世界をほどよく危機に追い込もうという、自分の体験を踏まえた善意からくる行為……ただしロイド以外は基本どうなってもかまわないという、少々破綻した愛情からくるものでした。

ショウマは最愛の弟分をたまにこうやって観察しているのですが……今の挙動不審なロイドを見て心配しているようです。

「ロイドが落ち込むなんて……何かあったのか？　ッ！　もしかしてセクハラ⁉　ロイド可愛いからなっ！　……場合によってはアザミ王国を更地にするよ」

その気になればできてしまうのがこの青年の恐ろしいところですね。あとセクハラという発想に至ってしまうのも恐ろしいところですね。

ショウマは物陰から飛び出し一目散に駆《か》け寄ると朗《ほが》らかな笑みで声をかけました。

「やぁやぁロイド！」

「――って！　うわぁ！　ショウマ兄さん⁉　どうしたの⁉」

まさかの人物の登場にさすがのロイドも面喰いますが、ショウマは気にせず満面の笑みで彼の疑問に答えます。

「いやーロイドがさぁ、落ち込んでいるみたいだからさぁ、たまらず駆け寄っちゃったよ」

「そうなんだ……って兄さん、そろそろアルカ村長と仲直りしてよ。村のみんなも戻って来て欲しいって思っているよ」

「あはは、それは熱いね……ってそれよりどうしたんだい？　なんか落ち込んでいるじゃないか」

　ショウマに指摘されたロイドは一気に表情が曇ります。

「やっぱセクハラかい⁉　ロイドは可愛いからなぁ……で、誰を燃やせばいい？」

「やっぱって何⁉　燃やすって何⁉　違うって……ちょっと進路で悩んでいてさ」

　進路と聞きショウマは「そうっかそっか」と何か得心したようです。

「悩める少年だねぇ……お、そうだ！　時間あるかい？」

「うぇ？　まぁ、少しならあるけど」

「じゃあさ、久々に兄ちゃんとだべらないか？　えっと……お、ちょうどいい喫茶店があるじゃないか！　……最近サタン何某《なにがし》にポジション取られ気味だからねぇ、兄ちゃんポイント挽回《ばんかい》しないと」

　流行っているんですか？　人間関係のポイント制って。

「何？　兄ちゃんポイントって？」

「何でもない、ささ行こうぜ！　アイスコーヒーが俺を待っている！　熱いね！」

「アハハ、アイスコーヒーが熱いってなんかそれ変だよ」

そして二人は大通りの喫茶店に入ったのでした。

「店員さん！　アイスコーヒーで！　ロイドもそれでいい？」

「うん、僕もそれで」

「じゃ、アイスコーヒー二つでよろしく！」

手際よく注文し、出てきたコーヒーを飲みながらショウマは懐《なつ》かしそうに話し出しました。

「しっかしずいぶんと久しぶりじゃないか？　こうやって二人でゆっくり話すのはさ」

「うん、ショウマ兄さん忙しいからね……運び屋だけじゃないよね、ホント何やっているの？」

「ハハハ、忙しい事は熱い事だと思ってよ、おかげで寝不足さ」

ロイドはまだショウマが自分のために魔王を世に放つなどとは……自分のために動いているとは知りません。

「何で忙しいのか」「何をしているのか」とロイドが尋ねても、あくびをしながらはぐらかすショウマはこの話題を早々に切り上げ、進路の話題に切り替えました。

「ところでさ、進路って具体的に何に悩んでいるんだい？　ロイドは俺の渡した小説に出てくるような軍人に憧れているんだろう？　英雄みたいな活躍している主人公にさ。目指す目標はあると思うんだけどね」

「うん、でもさ……あの小説の軍人さんって国のために頑張るお話なんだけど、国を脅かす古代の兵器と戦ったり立ち寄った村のためにモンスターと戦ったり……どっちかっていうと冒険者って感じなんだ」

そこまで言われてショウマは「なるほど」と頷きました。

「あーそうか、中身は子供向けの冒険譚《ぼうけんたん》だもんなぁ」

「人のため、国のために頑張る……そんな主人公のような軍人さんを目指して訓練とか勉強しているんだけどさ。いざ配属先を考えてって聞かれると目指しているのが抽象的すぎて……警備？　近衛兵《このえへい》？　救護？　考えたらきりがなくて……」

「そか、取りあえずセクハラじゃなくて安心したよ。燃やす必要はないという訳だ」

ショウマは冗談めいた口調で言いましたが目がマジでした、瞳孔ちょっと開いています。

「でね、今インターンなんだけど取りあえず全部受けて行きたい配属先を見つけてやろうって」

「おぉ！　さすがはロイドだね。手あたり次第受けてやろうってのか……熱いね！」

「うん、でも今日やったのはナース服着てポスター撮影でさ、なんか出鼻くじかれた感じなんだよね」

「やっぱセクハラじゃないか」

「否定できないけど燃やさないでいいからね。その冗談笑えないから」

ロイドに本当に疲れた顔をしながら手にした紙袋の中にあるお土産を見せられ、また目がマジになりました。

「取りあえずその紙袋はこっちで処理しとくよ」

あぁ、そっちの方のマジな目だったんですね。

「これは冗談抜きで燃やしていいからね」

「あぁ、責任もって萌《も》やしとくよ」

言葉の意味が違っていますね。さすがあの村長と同族嫌悪で張り合える逸材です。

「風邪を注意喚起するポスター撮影、その後は国内警備班でドタバタの訓練……内容も内容だけど僕の目指すことなのだろうかって……やっぱ動機が幼稚だから――」

弱音を吐こうとするロイド。

ショウマはそんな彼のほっぺをムニムニします。

「ちょっと兄さん、子供じゃないんだから……」

「ははは、懐かしいじゃないか。子供の頃のロイドはこれやったら喜んだろ。あと怪我《けが》した時は痛いの痛いの飛んでいけ～って言って泣き止《や》ませたなぁ、懐かしい」

「そうだけど……もう」

ショウマは歯を見せて笑うとほっぺから手を離し肩を強めに叩きます。

「弱音を吐くことないぞロイド！　幼稚で上等じゃないか！　少なくともそんなロイドのおかげで俺は心に熱が戻ってきたんだ！　それが間違っているとは言わないでくれよ！」

ショウマが語る熱い昔の思い出。

子供の頃よくやられていたショウマの仕草《しぐさ》にロイドは小説を読んで心に灯《とも》った熱意や憧れ……童心が戻ってきたようです。

「そうだ、そうだね、幼稚でいいじゃないか！　うん、頑張ってみるよ！　まだ始まったばかりだ！　インターン……いや、僕の士官学校生活が！」

完全に吹っ切れたロイドを見てショウマは嬉しそうに微笑みました。

そして少しトーンダウンした声音で独《ひと》り言《ご》ちました。

「にしても具体的な目標か……俺にも昔しっかりした目標があったのなら、今みたいにはならなかったのかな……」

「え？　何か言った？　ショウマ兄さん」

「いや、何でもないよ……安心して眠くなってきちゃっただけだとさ。いやぁそこに気が付くとはやっぱり熱いねロイドは」

「んもう、その口癖《くちぐせ》どうしたのさ。昔はそんなの言っていなかったよね」

「おう、まぁね……っと時間は大丈夫？」

「時間……あぁ！　もうヤバいかも！　マリーさん絶対お腹《なか》すかせているや！　ショウマ兄さんご馳走様《ちそうさま》！　じゃあまた！」

慌《あわ》てて出て行こうとするロイドでしたがピタッと足を止め振り向きます。

「今日、昔みたいに話せて楽しかったよ……また相談に乗ってくれるかなショウマ兄さん」

「俺もさ、ロイドが良ければね」

ショウマは去り行くロイドににこやかに手を振り見送りました。

「世界を追いつめて、それでもロイドが慕ってくれるのならね……」


「いやーショウマ君さすが！　あんなモンスターを簡単に倒せちゃうなんて！　冒険者ギルドのSランク冒険者も真っ青《まさお》だよ！」

（やめてくれ）

「すごいわショウマ様！　こんな古代魔法を知っていらっしゃるなんて！　魔導士ギルドに来ませんか、あなたなら大賢者なんてすぐですわ」

（やめてくれ、なんだよ大賢者って）

「さすがだショウマよ、娘と結婚して私の跡取りにならないか」

（やめてくれよ、山賊追っ払っただけの男だぞ、バカじゃないの）

「こんなSランクのクエストをこなせるなんてチートだぜ！　さすがショウマさんだ！」

（だからやめてくれ！　チートってなんだよ！）

「最強さすがショウマ！」「最強チートさすがショウマ！」「賢者最強ショウマさすが！」

「――――馬鹿《ばか》にするなよ！　……っ⁉」

去り行くロイドの背中を見送ったショウマは少々眠ってしまった後、夢にうなされ目を覚ましたようです。

「嫌な夢……久々に見たぜ……最悪だクソ」

毒づいてからショウマは何を思うでもなく窓の外を眺め続けます。

すっかり日も落ち、畜光魔石の灯る明かりの下を行きかう人はもうまばらになっていました。

「呆れるほどつまらない事って、記憶の片隅にこびりついてるもんなんだな……」

すっかり溶けたアイスコーヒーの氷と自分を重ね合わせるショウマは嘆息します。

「もっと好奇心やワクワク以外の……具体的な夢があれば絶望せずに済んだのかな？　俺もロイドのように探せば――　いや」

ショウマは窓に映る自分を険しい顔で睨みました。甘い事を考えるなと叱責するように。

「どうせゴミみたいな連中が群がる余地を増やすだけだ……考えることを放棄して、人を褒めて自分の利益を求めて……」

畜光魔石に群がる羽虫を見やるショウマ、周囲に聞こえるほど歯を軋《きし》ませる音を鳴らせます。

「あの、お客様……そろそろラストオーダーなのですが」

「…………」

「えっとご注文は大丈夫――――ヒッ」

夜の窓に映るショウマの顔……深く沈んだ暗い表情、目だけは怒りや抗《あらが》いたい気持ちが溢《あふ》れ炯々《けいけい》と光っており、店員は驚きすくみ上ってしまいました。

その悲鳴に近い声を聞き、ショウマは我に返ると、表情にいつものような朗らかな笑みを纏《まと》います。

「おっとごめんね、ラストオーダー？　うん大丈夫！　もう帰るからお会計をお願い」

空恐ろしささえ感じるショウマの笑顔に後ずさりをしながらお会計をする店員。

ショウマは怯《おび》える相手を見て自責の念に駆られました。といっても怯えさせたことに対してでなく――

「っとやってしまった……顔に出ちゃうのは良くないね、相手を警戒させたら、うまく騙《だま》せなくなっちゃうよ」

とまぁ、そういうことです。ロイド以外基本どうでもいいのです。

店を出てショウマは歩きながら独り言ちます。

「まぁ思い出すだけでこうなっちゃうんだ……ロイドがこうならないように……まだ無自覚でいてもらわないと……」

頭に上ってしまった血を夜風で少し冷やすため、ゆっくりと歩くのでした。

第三章

たとえばロイド・ベラドンナが無自覚でなかったような物語を体験した青年

ショウマとロイドはコンロンの村では年も近く、ピリド爺《じい》さんの元で一緒に暮らす仲でした。ただ性格はというとイケイケのショウマに対しロイドは自身の弱さもあってか引っ込み思案で内向的……と正反対の二人。

だからでしょうね、他《ほか》の誰よりも馬が合ったのは。案外こういう真逆な方が嚙《か》み合ったりするものです。

ショウマは決断力もあり、ロイドを引っ張ったり守ったり、好奇心旺盛でまさに兄貴分といった感じの少年……村の外の世界に興味を持ったのはある意味必然だったと言えるでしょう。ピリドから体術を学び、強さに自信も得た彼は村の外に出ると直談判《じかだんぱん》し、アルカやピリドの反対を押し切って飛び出していきました。

そうです、強さに自信を持っているロイドと言っても過言ではないでしょう。

そんな彼に立ちふさがるのは、自信を砕く自分より強い人間やモンスター、自分が井の中の蛙《かわず》だと思い知らされるような未知の体験……冒険譚《ぼうけんたん》であるならばこの辺りが定番でしょうね。

しかし彼に立ちふさがったのは悲しい現実。

自分たちの村が規格外、他の人間はあまりにも弱い肩透かしのような出来事の連発だったのです。

ロイドと違い強さに自覚のあるショウマ。

彼は次第に他者との歪《いびつ》な隔《へだ》たりに気が付いていきました。

それでも心揺さぶる冒険や達成感を得るようなサクセスストーリー……そんなものを渇望していました。

しかし――

ちょっと人を助けただけでトントン拍子で冒険者になれて偉い人に認められ。

ちょっと戦っただけでやれ最強だと周囲から讃《たた》えられ。

ちょっと魔法を披露しただけで歴代一の魔力だなんて褒《ほ》めちぎられる。

ちっとも本気を出していないショウマは馬鹿《ばか》にされているような錯覚に陥《おちい》りました。

襲い来るのは歯ごたえのあるモンスターでも何でもなく、虚無感。

まるで自分が子供の遊び場で調子に乗っている大人のような錯覚さえ感じてしまったのです。

その気になればこの世界を滅ぼせる事実を悟ってしまったショウマ。

夢だの希望だのは雲散霧消。たとえば長年待ち望み意気揚々《ようよう》と買ってきた大作ゲームが片手でクリアできる程度の難易度、ボリュームも皆無、テキストもつまらなさの極致、他のストレス要因も盛りだくさん……みたいなもの。期待からの落差は激しく、結局ショウマは半年たたず村へと戻ることになったのでした。村長はこの事を知っていて止めていたのだろうか、なら何で教えてくれなかったんだ……と憎むようになったのもこの頃《ころ》からです。

失意で数日間廃人のようになっていたショウマ。

そんな彼を無自覚に救ったのがロイドです。

自分が外から持ってきた小説を読んで、村の外へ出て行き軍人になりたいと夢を語るロイドの姿を見て、この半年間が無駄ではなかったと救われたのでした。

村で一番弱いのに頑張るまぶしい天使のようなロイド——この純粋無垢《むく》な少年を自分と同じ道を歩ませるわけにはいかない……

ショウマの新たな目的が見つかりました。世界をロイドにとって歯ごたえのあるものにしようという無謀かつ壮大な目的です。

ただ夢を失い情熱の冷めきったショウマにとって、この先の見えない新たな目的は「熱い」やりがいのある……最高のモノでした。

ショウマはロイドが自分の強さをすぐに自覚しないよう「外の世界はすごい」と吹聴《ふいちょう》しました、それはもうガッツリと。

素直なロイドに心を痛めるショウマでしたが、彼が絶望しないためだと割り切り思いつく限りの嘘《うそ》を伝えた後、村を出て行ったのでした。

ロイドが自覚してしまう前に……ただ想像以上にロイドが純粋で未《いま》だに強さに対して自覚し

ない事にしばしば「吹聴しすぎたかな」とか「逆に大物すぎるよ、さすがロイド」と思ったり思わなかったり……

とまぁ目指すべきものができて目に光が戻ったショウマはロイドのため世界の敵になる決意をして今に至るという訳です。

時たま思い出してしまう嫌な過去をロイドの笑顔を脳内にリフレインさせ乗り切るショウマは気持ちを切り替え、アザミ王国を出国しました。

「さて、そろそろ走るか……」

人目がないのを確認してからスピードを上げるショウマ。

街道からそれ、木から木へ、山から山へと移動競技パルクールが如《ごと》く駆《か》け抜ける彼はあっという間に国境付近へとたどり着きます。

このままジオウに……そんな彼の視界になにやら検問が行われている様子が飛び込んできました。いったい何事かと興味深げに木の上に留まると望遠鏡らしきものを取り出しつぶさに様子を見やります。

不審者の抜き打ちチェックか、密輸品の取り締まり強化かと思いきや、どうも様相が違う事にショウマは小首を傾《かし》げます。

「なんだ？　検問、いや検疫《けんえき》っぽいな……そういえばどっかで軍人が呪《のろ》いがどうとか言っていたけど」

シコウマが遠巻きにその様子を見ていると、肌に荊《いばら》のような模様の浮き出ている行商人か何かがやたら文句を言っていました。彼はその光景に何か思い当たる節があるようです。

「……もしやソウの旦那、ディオニュソスの魔王を……どうしたってんだ、アレを使うのはまだ当分先のはずなのに……ケアレスミスか？　らしくないな」

ショウマは嘆息《たんそく》交じりで独り言《ひとご》ちました。

「戦争を引き起こすため……そして、アルカ村長を消耗させるための切り札だってのに……下手したらロイドだってやられちゃうかもしれない代物《しろもの》だぜ、どうした旦那」

不穏な何かを察したショウマは足早にその場を去って行ったのでした。


そのショウマが気に掛ける同志ソウはとある地方貴族のお屋敷に居ました。

辺りが闇夜《やみや》に静まり、蠟燭《ろうそく》だけが灯《とも》る豪奢《ごうしや》な部屋。

灯《ともしび》が揺らぐその中にソウは佇《たたず》んでいました。

一見初老の男性ですが背筋はしっかり伸びており精悍《せいかん》な若者が変装しているのかと錯覚させるほど。

表情は笑っているのか怒っているのか分からない顔です。真剣に話すべきか、和やかに話すべきか、どう対応したらいいのか分からない……そんなとっつきにくい上司を彷彿《ほうふつ》とさせます。

彼が背を向ける方にはこの屋敷の主である地方貴族のトラマドール氏がうなだれていました。

高級なソファーに浅く腰を掛けると前のめりになりなにやら懺悔《ざんげ》しているかのような姿。他人が見たら、小刻みに震え小さく何かをブツブツ言っている彼の姿からは屋敷の主であるとは全く想像がつかない事でしょう。

黙りこくっているソウ。

トラマドールは無言の時間に耐えられなくなったのか意を決したのか急に口を開きます。切羽詰まった乾いた声、緊張と恐怖で喉《のど》がカラカラなのでしょうね。

「もう十分でしょう……私は頑張りましたよ……」

「まだ足りない」

即答するソウ。

トラマドールは狼狽《うろた》え落ちくぼんだ目をソウに向けます。

「これ以上どうしろというんですか⁉　あなたに言われたようにあの得体の知れない物をバラまきましたよ⁉　これが地方貴族のすることとは思えません！　まるで犯罪者ではないですか！」

爪《つめ》を噛み始めた男を見てソウは嘆息します。

「良心の呵責《かしやく》に苛《さいな》まれたか……散々人の富を奪ってきた男が自らの手を汚すとこうも脆《もろ》くなるとはね」

ソウは独り言ちながら装飾品の数々を見やりました。鑑賞するというより侮蔑《ぶべつ》するような、そんなまなざしで、です。

「もういいでしょう！　地方貴族のトップに返り咲くための支援を約束してくださいよ！」

「何を言っているんだね君は。アザミ王国に販路のある君だから利用しているだけなんだよ、今頑張らないでいつ頑張るのかね。支援はこいつをもっとバラ撒《ま》いた後だ」

ソウはトラマドールに近寄ると小瓶《こびん》に入っている怪しい液体を彼の目の前でチャプチャプ楽しそうに揺らします。

彼はその腕にしがみつきました。

「ってコレは何なんですか⁉　試しに飲ませた小間使いの男は怒りっぽくなるわ周囲の人間は情緒不安定になるわ……私に対する口さがない言葉を平然と使うわ……」

「それが本心なのだよ、彼らの。人間はね、衝動的になりちょっと怒りっぽくなったりちょっと泣きやすくなったり感情を傾けるとついつい本音を口にしてしまうものだよ」

トラマドールの腕を振り払うと蠟燭の灯に小瓶を透かし子供のように弄《もてあそ》びます。

「あぁ、一番扇動しやすくなるんだ……感情的な大衆に……ジオウという分かりやすい敵国。どれだけ抑えても簡単に戦争は止められなくなる……あのアルカでもね」

ソウは小瓶を胸にしまうと悪役然とした表情でほくそ笑みました。

「体調に変化はないが……肌に荊のような模様が浮かんでしまうのが、ちと残念だったがね。しかしアザミは優秀だな、これが仕掛けた呪いだとすぐ理解しおった」

呪いと耳にしたトラマドールは顔色を変え狼狽えます。青ざめた顔がもっと土気色に白くなりました。

「呪いぃ⁉　やはりそんな危険な物を⁉　私は死なないですよね！　ね！」

「あぁ死にはしないさ……だから君は気にすることなくバラまくことに専念しなさい……そうしたら地方貴族のトップに返り咲ける支援をしてあげるよ……お金だけでなく元気な肉体もプレゼントしてあげよう」

トラマドールは小さな声で「やった」と何度も繰り返し爪先《つまさき》を噛み続けています。この様子じゃ彼もソウの言う呪いにかかっているようですね。

ソウは彼の様子を見て満足げに頷《うなず》くとバルコニーに出て満天の夜空を見上げました。

「呪いを蔓延《まんえん》させてくれよ……アルカが私の邪魔をできないくらい国中に「荊の呪い」をね」

そしてソウは夜空を鋭く睨《にら》みます。

「ロイド君……人間を遥《はる》かに凌駕《りょうが》する魔力を持つ君が、私をモデルにした主人公が活躍する小説を……「英雄ソウ軍曹」に憧《あこが》れるから……「ルーン文字人間」の私はいつまでたっても消えないどころか、どんどん存在がはっきりしてゆく……可哀想《かわいそう》だが覚悟してもらうよ」

フッと蠟燭の灯が消えると同時に、ソウは闇夜に姿を消したのでした。

インターン二日目の朝を迎えたロイド。

不完全燃焼極まれりな初日だったからでしょう、彼の気合いの入れようはひと味違ってました。

「よっし！　頑張るぞ！」

そんな彼に養われているといっても過言ではないマリーは寝ぼけ眼でした。

「ん～？　ロイド君どうしたの？　今日やけに気合い入っているじゃない」

「え？　バレました？」

「うん、そりゃ毎日見ているからね。それに朝食も何となく気合い入っていたし」

「あ、そういえばそうかもですね」

ついつい料理に出てしまうのがロイドらしいですね。

そんな彼をマリーは少しからかってみようと思ったようです。

「ほ～んと、どうしたのロイド君？　まさかデート？」

その問いに対しロイドは――

「はい」

と、即答してみせました。

からかわれ、慌《あわ》てふためいて否定するロイドの姿を想像していたマリーですが、予想外の返答に慌てふためいたのは彼女の方だった模様です。

「うえぇぇぇぇ⁉　ロイド君⁉　何マジ誰と何でまた⁉」

ちょっと狼狽えすぎじゃないでしょうかね。

ロイドはそんな彼女の姿を見て、してやったりの表情で「嘘ですよ」と軽く舌を出して笑ってみせました。

「コヒュー……コヒュー……んあ？　ウソ？」

「はい、嘘です」

何つー息しているんだというレベルのマリー。

からかうつもりが、からかわれたと察した彼女は「やってくれたわね」と口元を緩めました。

「ロイド君……もう、悪い冗談はやめてよ。心臓に悪いわ……ヤバ……」

どんだけ脆いんでしょうか、マリーの体は。

「マリーさんが僕をからかう時の表情、もう見抜きましたから」

「んもう、そんなの覚えちゃダメよ」

そしてマリーはロイドを見やります。

あった当初の幼い雰囲気は多少薄まり、少し精悍な顔つきになった……彼女はそう感じたようです。

「ロイド君、ちょっと背、伸びた？」

「んーと、最近測っていないのでどうでしょう。牛乳毎日飲んでいるからちょっと伸びていたら嬉《うれ》しいですね。毎日の牛乳って体を丈夫にするんですよね」

「そうよ、それと……自信がついて背筋が伸びたのかもね。最近「弱い僕が――」とあまり言わなくなったでしょ」

多少思い悩む時はまだあれど、すぐ前を向くようになったことに誰よりも気が付いているのはマリーでした。

「エヘヘ、かもしれませんね……じゃ、行ってきます」

ロイドはちょっとはにかむと、マリーに向かって手を振り登校しました。

そんな彼を見送るマリー、彼の成長を間近で感じ嬉しいやら寂《さび》しいやら、そんな表情です。

「さ、あの子に置いて行かれないように私も頑張らないとね」

ロイドに負けじとマリーは自分の苦手な家事に挑戦しようとします。今しがた飲み終わったカップを洗おうとしますが……

「うっわ水冷た！　あーもうそんな時期か……お湯で……でも手がガサガサになるって聞くし……洗い物は水につけといてロイド君にやってもらお……掃除も洗濯も終わっているし……また今度にしようっと」

マリーが成長するのはまだ当分先のようですね。

そんなこんなで登校したロイド。軽いホームルームが終わると彼の元にインターンメンバーが集合します。

しかし、今日のミコナはどこか緊張しているようですね。

「おはようございます皆さん！　……あれ？　どうしたんですかミコナ先輩？」

「あぁおはようロイド・ベラドンナ……どうもしないわよ」

どうもしないと言っている割には、どこか緊張の色を隠せていないミコナ。

状況の見えないロイドにリホがフォローします。

「いやな、ロイド。今日のインターン先が先輩の本命みたいでさ」

「あぁなるほど……」

そう彼女は変な配属先に行きたくないため昨日は奮闘していました。

いわば滑り止め……しかし今日は本命、気合いの入れようが違うのは仕方がない事でしょう。

いつもの強気な雰囲気が若干《じゃっかん》陰っているのが気がかりなのかフィロとセレンが気を使って小声になります。

「……意外に勝負弱い」

「いえ、元々打たれ弱い方でしたし……」

二人の会話する姿を見てロイドは一人足りないのに気が付きました。

「あれ？　アランさんは？」

「……あ」

フィロが思い出したように懐《ふところ》から一通の手紙を出します。

「……これ、レンゲさんから預かった」

その手紙には達筆な字で「探さないでください、アラン」と一筆したためられていました。

「これ絶対レンゲさんの字だよな」

「あのあと何があったんでしょうか」

引きずられて連れ去られていったアランを思い出し、絶対五体満足ではないだろうことは誰の目にも明らかでした。

「ま、夫婦間の事はノータッチで。さ、インターン二日目頑張りましょうミコナ先輩」

ミコナは自分の事で精一杯のようでアランの事など気にも留めていないようです。

「大丈夫、栄軍祭で私は活躍した……いけるいける……」

「栄軍祭が関係あるんですか？」

「あるある大アリだぜ。あの時いたお偉いさんの三人衆のうち一人が……士官学校卒業生の配属先でもっとも給料も倍率も高く、近衛兵《このえへい》と人気の双璧をなすところ――外交官、そのトップだ」

リホはロイドに外交官について熱く説明します。お金が儲《もう》かるところは一通りチェック済みのようで饒舌《じょうぜつ》に語り出します。

「外交官、近衛兵の次に王室に近い配属先。国境警備や海上警備の演習だのの指示を出したり他国との調整や王様のスケジュール調整、外遊や誘致のセッティングとにかくやることが多いし責任もデカい、その分給料もデカい……権力もあってエリート中のエリートが行くような場所だ。選《え》りすぐりの逸材を集めてさらに雑務でふるいにかけるからすごいぜ。まぁ政治色が一番強い部署だって事さ」

「政治色……凄《すご》いですね。ずいぶん詳しいですけどリホさんも目指してます？」

リホは噴出してしまいます。

「へっ、まさか。見返りは大きいけどその分大変だから割に合わないんでなアタシはパスだ。名誉が欲しいってんなら話は別かもしれないな」

「故郷に錦を飾りたいとかですか……それは憧れますね」

ロイドはなんか立派な軍服を着てコンロン村に帰る自分をイメージすると「いいかも」と頷きます。

「でも偉くなることが目的なのは何か違うんですよね……その仕事が自分のできること、やりたいことだって思えないと……」

ちょっと外交官になびいたロイドですが、すぐさま自制したようですね。ここが彼の良いところであり、ちょっと頑固なところなんでしょう。

そんな彼の顔をミコナが覗《のぞ》き込みます。

「ロイド・ベラドンナ……外交官を甘く見ない事ね。ちょっといいかも程度の覚悟ではこなせないような仕事の数々なのよ。しかも何か粗相でもしたら国と国の関係が一瞬で悪くなる……

あなたに耐えられるかしら？」

結構な正論を言うミコナさん。でもあなたアスコルビン自治領のアンズをトレントの木の根っこで追いかけまわしたりロクジョウ王国でも結構暴れましたよね。

自分の事を棚に上げている彼女のセリフを聞いて、ロイドは真剣な顔をします。

「関係が悪化……」

「お金や権力に目がくらんだだけの人間には到底こなせない責務の数々、あなたは耐えられて？　ロイド・ベラドンナ」

もう脅しのようなミコナ。そんな彼女にセレンが素朴な疑問を投げかけました。

「なんて熱い……なぜミコナさんは外交官を目指すのですか？」

その問いかけにミコナは即答します。

「決まっているじゃない、そんなすごいところに入れたらマリーさんが褒めてくれるでしょ！」

素晴らしい確固たる決意ですね。

「……名誉やお金よりひどい回答だった」

リホが呆《あき》れてセレンやフィロに耳打ちします。

「この様子じゃマリーさんがアザミの王女様だって知らないよな……近衛兵になればマリーさんが王室に復帰したら毎日会えるだろうに」

「ま、マリーさんの普段の体たらくから推理するのは難問ですわ」

「……師匠もアランも気が付いていないと思う」

熱弁したからか調子が徐々に戻ってきたミコナはロイドの顔を覗き込みながら宣戦布告にも似た言葉を向けます。

「というわけでロイド・ベラドンナ。本気で私と椅子《いす》を奪い合うというのなら受けて立つわ」

ロイドもその熱意に当てられたのか目をそらしませんでした。

「僕に何ができるか分かりません、でも全力で挑戦します！　僕なんか無理だって決めつけたら、何もできませんから！」

言い返されてミコナも一瞬目を見開きます。

「へぇ……言い返えせるようになったじゃない。これのおかげかしら」

一年生筆頭の腕章を指でつまんでみせるミコナ。

ロイドは「かもしれません」と笑ってみせました。

「それもあるかもですし、仲間や先輩方に鍛えられたからかもしれませんね」

「ふん……何ができるか分からないから全力で挑戦ね……たまにはいいこと言うじゃない。おかげで緊張がどこかに飛んで行ったわ――今日は礼を言わせてもらうわロイド・ベラドンナ」

「っ！　はい！」

なんだかいい雰囲気で纏《まと》まってきたインターン一同。

そんな彼らは堂々とした足取りで外交官の職場へと向かっていったのでした。

――が、しかし。その足取りは目的地に近づくにつれ徐々に弱々しいものになっていきます。

ミコナもさっきまでの自信がまた影を潜め、緊張がとんぼ返りしてきた模様です。ここでいいのか本当に大丈夫なのか、しきりに資料と自分の場所を交互に確認していました。

そう、彼らの向かっている場所は豪華絢爛《けんらん》な……ちょっとした貴族のお屋敷。舞踏会の会場と言われても信じ切ってしまうような、そんな門構えだったのです。

「初めて見ましたけど……なんですの？　ホテル？」

「……ダンスとかしそう」

「映画でしか見たことないですが……王室の何かのように思えます」

それぞれ感想を述べる中、しっかり調べてきたであろうリホがこの場所について説明します。お金が絡《から》むとしっかり調べるんですよね、この娘。

「みんなビビりすぎだっての、ま、気持ちは分かるけどよ……ここは国賓《こくひん》の迎賓館《げいひんかん》も兼ねているんだ」

「迎賓館ですの？」

「あぁ、他国のお偉いさんが寝泊まりしたり交渉したり接待したり。ここ以外にもウエストサイドやノースサイドにも趣の違う迎賓館はあるが一番でかくて大食堂や談話室、書籍室や舞踏室なんかが設《しつら》えられているのはここぐらいなもんだぜ」

「………話を聞くだけで、大変そう」

「ま、諸外国にバレちゃいけない系の実務はまた別のところでやるんだろうけどな。まずここ見せて士官候補生をビビらせようって寸法なんだろうぜ。生半可な覚悟じゃ来るなってことですよミコナ先輩」

話を振られたミコナは若干気後れしていましたがすぐさま強がります。

「だ、誰が生半可な覚悟よ！　私はマリーさんのためなら何でもやる覚悟はすでに完了しているわ」

そっち方面で生半可じゃないのなら、それはそれで問題ですねこの発言。

そんなミコナをスルーしてリホがその豪華さに改めて呆れます。

「見れば見るほど予算をめちゃくちゃもらっているのがビンビン伝わってくるぜ。あれ見ろ、なんだよダンスホールって、ハハハ」

「……ダンス……舞踏じゃなくて武道なら出番だけど……」

そんな益体《やくたい》もないことを口にするフィロ。

一方ロイドは気後れしないよう自分を奮い立たせていました。

「接待ですか、長期休暇の時、ホテルで色々学びましたし……もしかしたらその経験が生かせるかもしれません！　笑顔で勝負です！」

緊張を誤魔化《ごまか》すように笑顔を披露するロイド、ちょっと無理やり作った感じの笑顔がまた微笑《ほほえ》ましいですよね。

「ふん！　負けないわよロイド・ベラドンナ！」

ミコナも負けじとスマイルをかまします。こっちは目が笑ってないうえ表情筋を動かしただけなのではっきり言って般若《はんにゃ》です。

「ほら、行くわよみんな！」

般若の笑顔で先導するミコナ、門番の人が一瞬身をすくめたのは言うまでもありませんね。

一同は豪華な門をくぐり指定された場所へと足を運びます。

「ここですね」

「外交長官室」という札の下がっているその部屋の扉は華美な装飾品こそないですが重厚な扉……板目に複雑な紋様があり価値が高いことがうかがえます。過度な飾りはしない、しかし安っぽく見られないよう気を遣《つか》っている……外交に携わる人間を著しているような扉でした。

先輩のミコナが先頭に立ち緊張で震える手を握りしめ、ノックをします。

「あー、どうぞ」

軽妙な返事が返ってきておずおずと扉を開けると、そこには外交官のトップであろう男が席を立って歓迎してくれました。栄軍祭事件の時にいたお偉いさんの一人で飄々《ひょうひょう》とした態度で責任を躱《かわ》そうとしていた男性です。

一癖《ひとくせ》も二癖もありそうな「フランクだけど気を抜いたらいけない」雰囲気の持ち主の登場に

ロイドたちに緊張が走りました。

彼はこなれた笑顔で一同を迎えます。

「やぁ、軍の花形の一つである外交官の長官だ、緊張することはないよ——おや？」

何かに気が付いた長官。ミコナは「栄軍祭で活躍した自分のことを覚えていてくれたんだ」と朗《ほが》らかな笑みになりました。まだ若干般若です。

「はいそうです、栄軍祭での事件解決に尽力した二年生筆頭のミコナ・ゾル——」

「誰かと思ったらロイド君じゃないか！　久しぶり！　覚えているかい？」

手厚い歓迎を受けるロイド、広報、警備に続いての熱烈歓迎っぷりに当の本人は困惑していました……結構すごいことをやってのけていても、まだまだ自覚は足りないようです。

そして毎度毎度、自分以上の歓迎を受けるロイドを見てミコナの顔が完全に般若の顔になりました。いや、鬼瓦といってもいいでしょう。

「グヌヌヌヌ」

「……ミコナ先輩……もう変顔」

とまぁ栄軍祭で大活躍したロイドはまたしてもウェルカムムードで歓迎されたのでした。

「はっはっは……さてさて、仕事をしないとね。まぁ掛けたまえ」

長官はソファーに座るよう声をかけると自身も一緒に腰を掛け今日やることについて説明を始めました。

「ふむ、いつもだったらね、簡単な事務仕事をやってもらって、それで体験終了の予定だったんだけどねぇ……おっと、手抜きって言わないでね」

自虐的に笑う長官、ここぞとばかりにミコナがポイントを稼ぎに来ました。

「事務仕事も大事ですからね！！！」

「ん、半分当たり。他分かる人いるかなぁ？」

先生みたいな振る舞いをする長官にリホが手を上げ答えます。

「来賓《らいひん》の接待なんか手伝ってもらっても、なんかあったら即外交問題に発展するからですよね」

「ご名答、さすがロイド君の友人かな？」

リホを拍手で褒めると事の真意についてしっかり話し出します。

「そういうわけさ、まぁ昔私もやらかした苦い経験があるからね……軽く事務仕事をしてもらって、最後私の体験談を語って脅して、それでも外交官になりたい気概のある人材だけを確保したいんだよ」

「脅しですの？　ってそれを今言っちゃっていいんですか？」

長官は悪びれず頷きます。

「そ、脅し。一回のミスで一国との関係がぎくしゃくしかけた話をさ。でも……君らにはもっと実務的なところを見学してもらおうかなぁ」

「け、見学ですか、他国の偉い人との……ですか？」

「そうだよ」

何か裏があると思ったリホは長官相手に訝《いぶか》しげな顔を見せました。

「いいんすか？　……それともなんか別の意図があるとか」

「鋭いねぇ！　実は君の知り合いが来ているんだよロイド君！　会話を和やかに進めるためにも、傍《かたわ》らにいてくれるだけでも嬉しいなぁ。いい勉強になると思うよ、うん」

「僕の知り合いですか？」

「そう、ロクジョウ王国のサーデン王だよ」

「…………………マジ？」

サーデン王……自分の父親が来ていると聞き、フィロは露骨に嫌な顔をするのでした。

長官室から離れ、渡り廊下の先にある別館。華やかな絨毯《じゅうたん》の上に無骨な警備員が何人も立っています。その先に来賓――サーデンがいるようです。

「ここが来賓室さ。厳重な警備をつけて、備え付けの物にも細心の注意を図り、何が起きても即対応できるようにしているよ。掃除もプロに依頼をした後、外交官たちが不審物がないか最終チェックを怠らない……とまぁ、万が一のトラブルも起きないようにしているのさ」

自分の仕事を誇らしげに語る長官。一片のミスもないという自負に満ち溢《あふ》れていますね。

――が、突如トラブルっぽい絶叫が部屋の前に響き渡ります。

「んぎゃぁぁぁぁぁぁぁ！」

誇らしげに語っているその矢先にこの絶叫……さすがの長官も飄々としていられません。

「っ⁉　何が起きた！　……鍵《かぎ》が！　誰か！　合鍵を！」

切羽詰まる長官の声。

さて、父親らしき男の絶叫が聞こえ真っ先にフィロが反応し――

「………いぃいやぁぁぁ！」

華やかな絨毯に負けないくらいの厳《おごそ》かなドアを思いっきり蹴破《けやぶ》りました。

飛び散る高そうなドアの破片。

「……入ろうっ！」

先陣を切り中に突入し、何が起こったか確認するフィロ、その視線の先には――

「んぎゃぁぁぁ！　我妻ぁ！　ちっ違うんだって！」

「何が違うんだい？　ちゃんと言ってみな」

「ちゃんと言いたいから関節元に戻してぇぇぇぇ！」

妻兼ボディガードのユビィ・キノンから折檻《せっかん》を受けているサーデン・バリルチロシン王が目に飛び込んできたのでした。またこの人は何をしでかしたのでしょうか。

「…………………」

とりあえず娘のフィロは情けない父親の姿に軽蔑《けいべつ》のまなざしです。年頃の娘さんを持つ世のお父さんが目にしたら無条件で同情したくなるような光景でした。

「さっき廊下で聞いたんだけどねぇ、目を離した隙《すき》にお手伝いさんを口説こうとしたそうじゃないか……どう言い訳するつもりだい」

「あれはその！　アホを演じるためにちょっとお声がけしただけで！　私は妻一筋だよぉ！」

「ふーんそうかい、私はそれにかこつけて楽しくやってるように思えるんだけどねぇ」

どうやらただの痴話喧嘩《げんか》のようですね。

「…………何してんの」

フィロの……自分の娘の呆れた声にサーデン夫妻はようやく周囲に人が集まっていることに気が付きました。

「フィロちゃん……」

びっくりするユビィ、サーデンの方はというと「助けが来た」と床を這《は》いずってすり寄ります。

「愛《いと》しのフィロぉぉぉ！　会いたかった&お助けぇぇぇ！　……ブゲッ」

足にすり寄ろうとする父親が気持ち悪いのか、フィロはたまらず顔を踏みつけてしまいました。世のお父さんはいくら娘が愛しくても足に縋《すが》り付こうとしてはいけませんよ、踏まれたいなら話は別ですけど尊厳と等価交換ですよ。

そして踏まれてもどことなく嬉しそうなサーデンは笑顔を崩しません……踏まれたかったん

でしょうか。

「なんだよ、大事じゃなかったってわけか」

「いえ、由々《ゆゆ》しき事態よ、リホ・フラビン」

安堵《あんど》するリホ、しかしその隣にいるミコナはフィロに対し怒り心頭の模様です。どうやら外交官を目指すミコナは不測の事態とはいえ器物破損という明らかな減点対象行為に憤慨しているようですね。

「ちょっとフィロ・キノン！　緊急事態だからって器物破損行為はダメでしょう！　もう少し様子を見てからでも遅くはないわ！」

「……あ、うん」

「まったくあなたは！　最近はアスコルビン自治領で何かを習得したのか練習でそこらの木を斬ったりして……街路樹は立派な公共財産なのよ！　士官候補生の名前に泥を塗る気⁉　それにロクジョウの王様まで踏んづけて……ふん……何してんのぉぉぉぉ！」

ようやく士官候補生の名前どころか一国の王様の顔面に泥を塗っていることに気が付き、ミコナは絶叫しながら足をどかそうとしました。

「……何って……変態を踏んだだけ」

「いくら変態でも一国の王様よ！　いくら変態でも！」

変態を連呼し実質とどめを刺しているミコナさん、テンパると失言するタイプですね。

さて、サーデンはというとむしろ娘と戯れられて爽《さわ》やかささえ醸《かも》し出しながらすっくと立ち上がり暑苦しい笑顔を見せてくれました。

「いやーナイススタンピング！　元気な証拠だね！　……おや？」

そこでようやくサーデンは娘だけでなくロイドたちもいることに気が付きました。

「おぉ、ロイド君たちじゃないか！　久しいな！　僕だよ！　サーデンでっす！」

「顔に愛娘《まなむすめ》の靴跡ついているよアンタ……おっと、久しぶりだねロイド君にみんなも。前はゴタゴタしていて、ゆっくり挨拶《あいさつ》できなかったからね」

知り合い同士の久々の再会でどことなく和気藹々《わきあいあい》な雰囲気の来賓室。

一方、長官は色々思考が追い付かないみたいです
「ただの夫婦喧嘩だったようで安心しました……ですがですが……」

長官はくるーりと顔の向きを変え、フィロの方を見やりました。

「…………ん？」

いつものように真顔のフィロ。

長官はおずおずと質問しました。

「えーと君は……あいや、えっとあなたは……サーデン王のご息女様ですか」

「…………んっと」

即否定せず口ごもるフィロに長官は確信します。

「ろ、ロクジョウの王女様であらせられますか⁉」

「…………チィ、しまった」

色々とやりにくくなるのと姉のメナがバラして欲しくないので今まで誤魔化していたフィロでしたがここに来てサーデンのケアレスミスのせいで発覚しかけてしまい、舌打ちをします。

「いやーそうじゃないんだよ外交長官殿！　僕とフィロ君は……そう！　踏んだり踏まれたりの関係――ゴボフッ！　我妻ぁ！」

「もう誤魔化しきれないし、誤魔化し方も下手糞《くそ》だし……長官、お察しの通りこの子は私たちの娘です」

母親が告白し、フィロも言葉少なに認めます。

「……ん……そうです……王女です……コレの娘なのは不本意だけど」

「んーバレてしまってはしょうがない！　フィロは私の娘！　アバラ痛い！」

「……くっつくなアホダンディ……あとバレたのはお父さんの責任だからね、反省は？」

「はっ！　反省するから！　アバラに手刀を突き立てるのはやめてへ！」

そのやり取りを見て長官は確信しました「あ、これマジで親子だ」と……

恐れおののいた長官は深々とフィロに頭を下げます。

「な、何で王女様が……じゃなくて！　そうとは知らず今まで大変失礼しました！」

外交官のトップとしては他国の王女様が自国の学校に通っているなどと絶対に把握しておか

なければならない事項、下手こいたら即国家間の関係悪化の爆弾を抱えているようなものですからね。

目をつぶって歩いて、振り返ってみたら実はそこが地雷原だったようなもの……実に肝《きも》の冷える話です。

どこの小説だって文句を言いたくなる気持ちを抑え長官は平身低頭、フィロに頭を下げ続けるのでした。

上司の反応を目の当《まあ》たりにしたリホとセレンはフィロが王女様だったことを思い出しました。

「そういや王女様だったなコイツ」

「すっかり忘れていましたわ、普段が普段ですので」

「…………ん」

なぜか誇らしげに胸を張るフィロ。その様子を見てユビィはどことなく安心しました。

「ふふ、フィロちゃんがしっかり学校生活を送れているようでよかったよ」

さて一方で、身内にもかかわらずフィロがロクジョウの王女だと知らなかった人物がいます。

「え？　王女様？　マジなの？」ミコナと。

「そ、そうだったんですか⁉」ロイドです。

二人は仲良く顔を見合わせると困ったような顔で二人してフィロの顔を見やります。

リホが呆れた顔でロイドをいじりました。

「おいおい、ミコナ先輩は分かるけどロイドは気付かなかったのかよ。ロクジョウの映画騒動が一件落着した後、親子みたいに親しくしてたろーに」

「え、えっと……疑問には思いましたが……映画撮影後も親子って設定の即興芝居をしていたのかな～って……さすが映画大国のロクジョウだなって……」

どんだけ映画大国でもそこまで即興芝居をしませんよ。

かなり無理のある勘違いをしていたことにサーデンもユビィも「さすがロイド君」「大物だね」と笑い合うのでした。

「はっはっは。まぁロイド君は大丈夫だと思うが、フィロちゃんが王女だからといっても普段通り接してあげてくれよ！」

「あ、はい！　ロクジョウの王女様でもフィロさんはフィロさんですから！」

やんごとなき身分であろうとも分け隔てなく接しようとする……これがロイドの良いところですね。

さて一方ミコナはというと……

「フィロ・キノン……あなたロクジョウの王女だったの……」

「……あ、うん」

実はやんごとなき人だった、先ほどまでの非礼を平に謝るのか、手のひらクルクルするのかと思いきや――恐れるどころか先ほど以上に憤慨したのでした。

「王女様だったらもっとしっかりしないとダメじゃない！」

「……え？」

意外な一言にフィロは目を丸くします。

「器物破損して士官学校の評価を落とすようなことはロクジョウの名前も落とすことになるのよ！　ご両親を心配させないためにもちゃんと学園生活を送りなさい！」

「…………ん」

「そして最後、あなたがロクジョウの王女でも私は先輩だからね！　その辺は忘れないように！」

「…………うん」

まぁ、ミコナもなんだかんだで面倒見の良いところがあるんですよ。

一段落したところでサーデンが素朴な疑問を投げかけました。

「で、何でロイド君たちがいるのかな。大歓迎だけどさ」

「あのですね、実は今インターン期間でして——」

外交官長官はサーデンたちに学校行事の事、信頼のあるロイドたちなら特別に同席させて勉強させたいという旨を伝えました。

そこまで聞いてサーデンは「ほほう」と身を乗り出して唸《うな》ります。

「んーなるほど、ロイド君は外交官になりたいのかい？　社交性もあるし礼儀正しいし向いていると思うなぁ！　このサーデンのように――アイタッ！」

「何アホなことを……ロイド君とアンタを一緒にしたら色々怒られるよ」

ユビィはサーデンのアバラに手刀を入れた後、ふっとロイドに笑いかけます。

「ま、この子なら色々円滑に進むだろうからね……私からも推薦するよ長官殿」

そこまで言われロイドは顔を真《ま》っ赤《か》にして謙遜《けんそん》します。

「ほ、褒めすぎですよ……あとまだ進路に悩んでいるので……」

とまぁロイド歓迎ムード、ちょとでも首を縦に振れば即日外交官になれるような勢いの中。

「グヌヌヌヌ……」

外交官が本命のミコナ、それはもう面白《おもしろ》くないでしょうね。

「どうどうミコナ先輩。相手が悪いですわ、だってロイド様ですわよ」

「何を言ってるのセレン・ヘムアエン！　私だってロクジョウで頑張ったしアスコルビン自治領で活躍したわよ！」

自分も頑張ったと訴えるミコナですがリホは「いやいや」と異を唱えます。

「でもよぉミコナ先輩……正直忘れてもらった方が良いと思うぜ。だって先輩活躍以上に暴走していたじゃないですか」

リホなりのフォローですかね、フォローになっていませんが。まぁ確かにロクジョウ王国ではロイドのオーディション中にトレントの触手を展開して乱入、アンズに対してはアザミ王国に来国した際に触手を展開して追いかけまわしたり……穏やかな心と根っこを制御する強い心が必要ですね。

「いやぁ色々取り乱してすいませんでした。では、サーデン様にアザミ王国外交官としてお話がございます」

「いえ、こちらもウチの旦那がお見苦しいところを」

「こ～んな伊達男《だておとこ》を見苦しいってひどいよ我妻ぁ⁉」

「そういうなら顔に着いた靴の跡ちゃんと拭《ふ》きなって……フィロちゃん」

「……ん」

グワッシグワッシと娘に顔を拭かれサーデンはようやくキリリとシリアスモードに入りました。

「ありがと～フィロちゃん――さて、私に伝えたいという事はジオウ関係でしょうね。王様からでなく長官からってことは、まだ大事にしたくない……初期段階の事案、もしくは注意して欲しい何かがあるんでしょうか？」

「さすがサーデン王、相変わらず聡《さと》いですな」

興味津々《しんしん》と身を乗り出すサーデンに長官は颯爽《さっそう》と資料を差し出し説明を始めます。

「まずこちらをお目通し下さい」

黙々と目を通すサーデンとユビィ。ロイドたちも資料を一冊拝借して回し読みをしました。

「呪いねぇ。毎度毎度大変だぁなアザミ王国は」

「そうなんですよ。ここのところアザミでトラブルが多発していまして。トラブルと言ってもとるに足らないケンカなんですが……」

そこまで聞いたサーデンが資料の一文を指さしました。

「気にかかっているのはここかな？　肌に植物の荊のような紋様が浮かび上がるって部分……何かの符号のような模様が浮かぶ……うん、確かに呪いの可能性大だ」

「魔術大国の長もそう思いますか。この症状が出た人間はどうも感情的、つい本音を口走ってしまうようでして……情動が不安定になるんですよ」

ユビィが腕を組みながら「そいつは厄介《やっかい》だね」と同情します。

「情緒不安定……何しでかすか分からないってのは一番対応が難しい、素人なら加減ができないからなおさらね」

「今アザミでは医療救護課と魔法対策課が合同で調査し原因を解明しています」

「そんな症状の人間がロクジョウで出たって話は耳に届いていないな……てことはアザミに対してだけ仕掛けている可能性があるな。あとはどのような種類の呪いかを早々に割り出せればいいんだけど、そこはどうですか？」

サーデンの問いに長官が答えます。

「少なくとも市中に魔法陣といった怪しい紋章が施された形跡はありませんでした」

二人の会話に横からリホとセレンも自分の見解を口にします。

「へぇ、なら魔石とかの媒介、薬みたいに服用させる類《たぐい》の奴《やつ》かもな」

「だとしたら流通を仕切っている地方貴族が一枚かんでいる可能性も高いですね」

彼女らの意見に長官が「ほう」と感嘆《かんたん》の息を漏《も》らしました。

「いやいや聡い子がいておじさんびっくりだよ……今国境警備の連中に流通物を確認強化する指示を出しているところさ」

「なるほど、では私がやるべきことは自国に注意喚起《かんき》するよう命令すると共に魔法省にこの症状に近い魔術があるか、対策はあるのか確認しておくことですかね」

話が纏まったところで長官が来賓に改めてお礼を言いました。

「ご協力ありがとうございます、私からは以上です。ところで今回アザミまでわざわざ来訪していただいた理由をまだ伺っていませんでしたが……差し支えなければご用件を教えていただけますか？　ご協力できることは何でもお申し付けください」

長官の申し出にすっかりシリアスモードからアホダンディモードへと戻ったサーデンはあっけらかんと答えます。

「決まっているじゃない！　我が子に会いに来たのさ……痛い！」

隣のユビィがサーデンのほっぺたをつねりながら補足します。

「それもあるけどアザミ・ロクジョウ合同映画の再撮影の件だろう。私のせいでお蔵入りになっちゃったから、もう一回撮りたいって件」

「ほういふことれふぅ……」

アザミ・ロクジョウ合同映画の件が色々あって延期になっていることは長官の耳にも届いているようで彼はすぐさま対応する姿勢を見せました。

「なるほど、ではアザミ王に伝えておきます。こちらはスケジュールの方を押さえておきますので……」

「ありがとうございます。ではそろそろアザミ王のところに顔を出したいのだが、いいかな？」

サーデンとユビィに対し長官は再度お礼を言います。

「サーデン王もユビィ様も、わざわざご足労いただきましてありがとうございました」

「いいんですよ、娘にも会いたかったので……頑張りなよ、フィロちゃん」

「……うん」

ユビィの言葉にほんのり口元を緩めるフィロをサーデンが食事に誘います。

「あぁそうだ、公務が終わったら家族で食事でもしないかい？　メナちゃんも誘ってさ」

「父親が一緒だと面倒くさいって言われるのがオチだよアンタ」

「そんなぁ……焼酎《しょうちゅう》があるよっていえばきっと来てくれるよぉ、あの子お酒好きなはずだし」

クイッと杯《さかづき》を傾けるサーデンの仕草《しぐさ》。フィロは聞きなれない言葉に小首を傾げます。

「……しょーちゅうってお酒？」

ユビィは「そうだよ」と楽しそうにします。

「焼酎っていう米で作った酒がありますからアザミに来たらぜひともって……なんでもアスコルビン自治領の美味《おい》しいところだけを使った大吟醸《だいぎんじょう》だって。私はワインの方が合っていたけどね、アザミの赤はやっぱおいしかったよ」

どうやら昨日、夫婦水入らずで晩酌《ばんしゃく》していたようですね。

「実は昨日、我妻ユビィが頂いた高級ワイン全部一人で空《あ》けてしまって一滴も飲めていないんですよ。しまいには燭台《しょくだい》を抱いて寝ちゃって……フンゴ！」

「余計なことを言うな」

ほんのり頬《ほお》を染めてサーデンのアバラに手刀を突き立てるユビィ、どうやら酒癖の方はあまりよろしくないようですね。

「……酔っぱらったおかーさん、想像つかない……」

フィロはそう言いますが、ホテル「レイヨウカク」でブドウジュースと間違えてお酒を口にして破壊王と化したフィロを目の当たりにしたことのあるロイドたちは苦笑します。

「本当に王女様だったんですね、フィロさん。今確信が持てました」

「……ん？」

当時の記憶がないフィロは小首を傾げるしかありませんでした。

その件《くだん》の呪いに関わっているトラマドールの屋敷にショウマがいました。

主の所有しているブドウ畑を抜け、庭師が丹精を込めて整えた庭園を彼は駆け抜けます。

時折地べたに座り込んでは「やる気が出ない」と怠惰にふける庭師や怒りを洗濯物にぶつけるお手伝いさんなど……目に付く人間の大半が思い思い感情の気の向くままに行動しています。

飛び込んでくる惨状にショウマは舌打ちします。

「チィ、間違いない……例の魔王の力だ」

ショウマはそうつぶやくと急ぎ屋敷の主の元へ向かいます。

「何だてめぇ！　俺様《おれさま》の前でコソコソするたぁお前泥棒だな！　いっぺん死んで――ブベ！」

「うるさいよ」

感情の高ぶっている門番が力づくでショウマを止めようとしますが、手加減のない顔面殴打で一発でのされました。壁にめり込みましたね。

その姿を見て同じく高ぶっていた他の門番は一様に怯《おび》えます。

「強気かと思いきや、いきなりウサギみたいに怯える……感情の振れ幅がすごいね。ユーグ博士からどうなるか言葉では聞いていたけど実際目の当たりにすると恐ろしい、戦争を起こす切り札なわけだよ」

ショウマは階段を駆け上がると屋敷で一番豪奢な部屋に足を踏み入れました。

「…………ソウの旦那」

「やぁショウマ、息せき切って、どうかしたのか」

言葉とは裏腹に驚くそぶりも見せず振り返るソウ。

ショウマと視線が交わります。いつものロイド大好き同士の和気藹々な雰囲気はどこにもありませんでした。

「どうかしたかじゃないさ、この魔王の……ディオニュソスの力はもっと後で使う予定だっただろう？　トレントのような繁殖力に加え感情の振れ幅を上げる催奇性の高い能力！　簡単に解けない呪いの力で人間を扇動しアルカを足止めする切り札だろうに！」

「あぁ、そうだったかな」

わざとらしくとぼけてみせるソウにショウマは訝しげな表情を見せます。

「とぼけちゃってさ。ジオウに行ったらダンナが全然全然帰ってこないわ勝手に開発途中のディオニュソスの薬剤を持って行ったで……ユーグ博士、涙目で「バカー」って叫んでいたぜ」

「なんだ、いつもの事じゃないか、彼女が涙目になることなんか」

「確かにそうだし、それがある意味彼女のアイデンティティかもしれないけどさ」

散々な言われようですね、ユーグ。

そんな可哀想なユーグはさておいて……と、ショウマは仕切り直しソウを問いつめます。

「で、なんだい。納得のいく説明が欲しいね旦那」

　ソウは用意していたであろう言葉を返します。

「国なんてものは一度戦争に踏み切ってしまえば「やっぱナシ」とは言えないものだ。アザミほどの大国ならなおさらな。生木に火はつきにくいが一度ついてしまったら消すのは困難、ここまできたら今仕掛けるも後で仕掛けるも一緒だ……違うかな」

「ソウの旦那ぁ、俺にはなーんか裏があるようにしか思えないんだよね。栄軍祭終わってから様子がおかしいと思っていたんだけど……俺と一緒にロイドのメイド服姿に狂喜乱舞していたあの旦那がさぁ」

　初老の男と青年が、少年のメイド服姿に狂喜乱舞している方が逆に様子がおかしいと思いますが、そこはスルーしてあげましょう。

　とまぁショウマは、普段下ネタで盛り上がっている同級生がいきなり気になる女子の前にいるようにすまし始めたのを怪しんでいるのでした。

「逆に問おうかショウマよ、なぜ早めにこの力を使うことに反対するのかね？」

「今ねロイドが将来について悩んでいるんだ。アザミ軍の配属先をどこにしようか、夢に対して真剣に向き合っているんだ、俺はそれを邪魔したくないんだよ」

　熱いショウマの言葉に反し、ソウの反応は淡白なものでした。

「そうか」

　ショウマは食い下がります。

「どうしたんだよソウの旦那！　いつもだったら「何！　ロイド君の夢⁉　それを早く言えショウマ！　中止だーちゅーしー！　ウッホーイ！」ってどんな作戦中だろうとも中止していただろ！」

「ウッホーイはさすがの私も言ったことがないぞショウマよ。心の中では何度かあったかもしれんがね」

心の中とはいえ、悪人ポジションなのに「ウッホーイ」はどうかと思います、本当に。

「……あったんだ」

「……うん、まぁ……とにかくロイド君の活躍はキャメラにバッチリ納め、編集も順調だ。映画も世に普及され、来る日に彼が次世代の英雄たる人物だとプロパガンダ活動するための下地もできた。後は大きな戦争を引き起こし、彼に大活躍をしてもらうだけだ」

「……」

「君が心配しているのは配役の事かな？　ロイド君にとって映える敵役はもう十分用意できている、ほらそこにもいるぞ」

ソウの視線の先には体中にブドウの葉っぱを生い茂らせたトラマドールらしき男が寝転んでいました。華美な服は植物のツタが突き破り無残な姿になっています。

「っ⁉　トラマドールかい？」

「地方貴族のトップに返り咲きたいと言っていたが、その前にロイド君のライバル役として頑張ってもらうことにしたよ。トップに返り咲くにも大事なのは健康な体だからな、ちと青々としているかもしれんがね」

　ショウマは首を振りました。

「不十分だよ」

「そうかい？　画的に悪くないと思うのだが」

「違うよ力不足さ。アルカ村長は何とかするとしても、ロイドの他にベルト姫のセレンちゃんやミスリルの義手持ちのリホちゃん、ピリド爺さんの流派を体得しているフィロちゃん……他にも……もっと大勢の相手役を作らないと……」

「ならばセレンちゃんたちを先に殺せばいい」

「────ッ！」

　ぞろりと恐ろしい事を言ってのけるソウにショウマは目を見開きます。

「前々から思っていたよ、戦争になったところでロイド君が私を率先して殺してくれないと意味がない。ならば彼が私を殺す理由を……敵国の王ではなく仲間を殺した彼にとっての大罪人、復讐《ふくしゅう》の元凶になる必要がある……とね、いい機会だ、殺そう」

　ショウマはすぐさま異を唱えようとます。

「それは──」

「何が違うというのかね？　むしろ君は殺すことに賛同してくれると思ったがな。それこそ昔、君ならね」

虎の威を借る狐《きつね》どもに……打算と盲目の成れの果てに成り下がった人間を目の当たりにした
「……」

「彼女らが違うとは言い切れないだろう、である以上、ロイド君のためにも殺しておくのが一番だ、彼が人の汚さを見てしまい失意にまみれる前にね」

「…………」

ショウマは何か言いたげでした、しかし言葉にすることができず悶《もだ》えるしかありません。

「では私は私の成すべきことを全うしよう。ロイド君の仲間は別に君が殺してしまってもかまわんよ。手段は任せる」

「……」

「ただ、仲間という幻想に裏切られた過去を持つ君なら振るう刃も滑らかと言うものだろう」

少し考えた後、ショウマは静かに頷きました。

「そうだな、今はまだロイドの良き友達かもしれない。でもいつか彼女らは……コンロン以外の人間は俺たちを良くも悪くも人間扱いしなくなる……ロイドが悲しむ前に……彼女らには心優しい友人のまま死んでもらった方が良い」

「君に任せていいかな?」

「あぁ……弟を守るのは兄の務めだ……でも殺すタイミングは俺に一任してもらえるかな」

しばし間が空いた後、ソウは静かに頷きます。

「よろしい、その他の事は万事私に任せてくれショウマ。君はロイド君のため、私は自分が消えるため全力を尽くそうではないか」

「……あぁ」

ショウマはどこか腑《ふ》に落ちない自分を押し殺し、トラマドールの屋敷から出て行ったのでした。

「すまないなショウマ……そしてロイド君……」

月明かりの元、ショウマが置いて行ったナース服姿のロイドの写真を見やり、ソウは独り言ちたのでした。

インターン三日目の朝を迎えました。

二日目は予期せぬ知り合いがいましたが意外に充実しており、ロイドは他国の王様に言われ「外交官も悪くないなぁ」と思うようになりました。

何となくアザミ軍で自分のできることが見えてきたロイドですが「もっと頑張って自分の「やりたいこと」も見つけるんだと意気込んでおります。

そんなこんなで気合い十分早起きしたロイドですが……なんと、今日はマリーが彼より先に起きているではありませんか。まさかの珍百景にロイドは驚きを隠せません。

「お、おはようございますマリーさん……ど、どうしたんですか？」

乳鉢とすりこ木でなにやら薬を調合している彼女は「驚きすぎよ」な表情を彼に向けたのでした。

「おはようロイド君、おねーさんもたまには早起きするのよ」

「えっと……何かイベントありましたっけ。お酒の朝市とかありましたっけ……まさか……仕事ですかぁ⁉」

「ロイド君、私を何だと思っているのかしら。魔女よ一応」

自分で一応と言っちゃうのはさておいて、誠に遺憾であると言わんばかりのむくれ顔のマリーは作り途中の薬を見せます。

どうやら勤労に勤《いそ》しんでいた彼女にロイドが慌てて謝りました。

「そうだったんですか、ごめんなさい……でも早朝からお薬……ひどい風邪《かぜ》とかですか」

マリーはすり鉢に葛《くず》の根のようなものを入れ、掬《す》りながら答えます。

「風邪じゃないわ。大工のおじさんが競馬に当たったらしくて高いワインをしこたま飲んでね、悪い酔い方しちゃったみたい」

「あー悪酔いですか。高いお酒が合わなかったんですかね」

「気持ち悪ーいって大声出したり情緒不安定らしくて……二日酔いの薬に気持ちを落ち着ける薬とか胃薬とか作っているの……最近よく売れてね、在庫がなかった時に言われちゃったから慌てて作っているのよ」

その症状にちょっと心当たりのあるロイド。アゴに手を当て唸ります。

「情緒不安定ですか……マリーさん、もしかしたら呪――っと」

大工さんは呪いかもしれない。そう言う途中で口止めされた事を思い出したロイドはベタに口元を押さえました。

マリーが察します。

「大丈夫、呪いの件は小耳に挟んでいるわよ、確かにちょっと症状が似ているわね……断言はできないから経過を見て判断するわ」

「昨日外交官の長官がサーデン王に注意と協力を呼び掛けていましたよ」

「近いうちに軍から正式発表があるかもしれないわね……そしたら診療所が無料になるかもね、大工のおやっさんに伝えておくわ」

そしてロイドは手際よく朝食を作るとマリーの体をねぎらいます。

「朝食、おじやを作っておきました。作業が終わったらしっかり休んでくださいね。医者の不養生って言いますし、冷めちゃったら温め直して食べてくださいね」

心配するロイドを見てマリーは瞳《ひとみ》が潤みます。

「ホンマ天使やでぇ」

なぜか西の訛《なま》りになるマリー、完全にロイドに依存していますね。

お城に戻るという選択肢が頭の片隅にもないマリー、悩んでいると踏んでいる王様の目論見《もくろみ》、大外れですね。


そして士官学校、例によっていつものインターンメンバーが顔を見合わせていました。

「えっと、アランさんはいますか？」

「今朝《けさ》も見かけませんでしたわ」

しれっと答えるセレンにロイドは苦笑しました。

「アハハ、レンゲさんはまだお怒りなんですかね」

「……怒りっていうより、もしかしたら——ムググ」

何か言いかけたフィロの口をリホがガッツリ塞《ふさ》ぎます。

「おーい、朝から十八禁指定になりそうな発言はやめとけよフィロ」

リホの手を外すとフィロは「ちえー」とほんのり口をへの字にしました。

「……猥談《わいだん》も学生の特権……社会人になったらコンプライアンスで言いにくくなる……」

「これから社会人としてお世話になるところを探している学生のセリフじゃありませんわね」

とまぁ各々いつもの調子でワイワイしている中、ミコナは一人浮いていました。

「一日目、二日目とロイド・ベラドンナとの扱いの差を見せつけられ辟易《へきえき》していたけど……不機嫌な顔をしたらその分印象が悪くなるわ……もう大丈夫、私はチャレンジャー、理不尽な依怙贔屓《えこひいき》に抗《あらが》うチャレンジャー、そう物語の主人公、ちっとやそっとじゃへこたれないわよ」

ずいぶん前向きに拗《こじ》らせていますね。

連日ロイドの好感度っぷりをまじまじと見せつけられ、悟りの境地に達しているミコナさんを優しいロイドは自分のせいと知らず心配します。

「大丈夫ですかミコナ先輩、体調不良か何かですか」

「ふふふ、その余裕も今日までよロイド・ベラドンナ」

いきなり宣戦布告まがいの事をされロイドは「えぇっ」と狼狽えます。

「大丈夫じゃない……つまりいつものミコナさんですから気にしないでくださいロイド様」

「はぁ、ミコナさんと仲のいいセレンさんが言うのなら」

セレンのみならずリホもフィロもミコナの拗らせっぷりに慣れているのか平然と受け入れていたのでした。

優しいリーダーに反目するライバル、その他個性の強いキャラたち……ある意味ＲｐＧにおける理想のパーティですよね。物語が進めば反目し合いながらもお互い認め合って……

「さぁ、戦いの始まりよ！　覚悟なさいロイド・ベラドンナ！」

「あ、はい！　頑張ります！　ミコナ先輩！」

うーん、当分大作ＲｐＧのような感動シーンはなさげですねこの二人は。

初日の誓いはどこへやら、出し抜かんとギラギラしているミコナを先頭に一同は本日の目的地へと向かうのでした。

「今日行くインターン先はどこですのリホさん」

自分で調べようとせず聞くセレン、いますよね頼りになる人がいると全部任せちゃう人。

頼られちゃうタイプのリホは「しゃーねーなー」と資料に目を通します。

「セレン嬢……ったく自分で調べろってのーーんげ」

「………んげ？　どした？」

露骨に嫌な顔をするリホ。手元の資料をフィロたちが覗き込みます。

「えっと、今日は諜報部《ちょうほうぶ》ですか？　栄軍祭で占いの館というプロファイリングを披露していた、あそこ」

アザミ軍諜報部。

情報収集を主に活動するところで表立った活動をしない「目立たない部署」の筆頭で、スパイっぽい潜入調査などをするというイメージが強いです。

「別名「私服警備」とも呼ばれていて各国の調査や国内の企業の監査っぽい事をしたり活動は多岐にわたるそうよ……まぁ謎《なぞ》に包まれた活動が多いけどお給料は良い方ね。給料いいのに何でそんな嫌そうな顔するのよリホ・フラビン」

解説と共にミコナにツッコまれ、リホは誤魔化せないと渋々答えます。

「ロールがいいんだよ」

「……ロール？」

「あぁ、こないだの栄軍祭での手腕を買われて諜報部のトップに抜擢《ばってき》されたようでさ。うーわ絶対やりにくいぜ」

ロイドがロールをフォローします。

「でもリホさんのお姉さん分ですし、歓迎ムードかもしれませんよ」

「はは、メナさんやロイドんところのショウマさんと違って面倒くさそうにあしらわれるに決まってら。間違っても歓迎なんかしねーよあの蛇女は」

「そうですかね……僕はメナさんもショウマ兄さんもロールさんも、根っこの部分は一緒のような気がします」

ロイドがそう独り言ちる中、一同がたどり着いたそこには――

「歓迎！　ロイド・ベラドンナ様御一行！」

旅館の玄関か何かと思うくらいドデカな看板が掲げられていました。

「めっちゃめちゃ歓迎されていますわよ、リホさん」

「あぁ、ロイドがな」

諜報部らしからぬ目立ちっぷりに唖然《あぜん》とする一同。それにはちっとやそっとの依怙贔屓ではへこたれないと豪語していたミコナさんもお冠のようです。

「どこまで依怙贔屓されれば気が済むのよロイド・ベラドンナ！」

完全にとばっちりのロイドは狼狽えるしかありませんでした。

「……ロール……さすがにこれは……」

「何考えているんだロールの奴」

因縁浅からぬフィロとリホがぼやく中、彼らに気が付いたのか課報部の方々が仲居さんが如く歓迎してくれます。浴衣……アンズのようなアスコルビン自治領スタイルのオリエンタルな衣装です。

「「「ようこそロイド様、どうぞごゆるり」」」

「軍の先輩にこんなこと言われてもごゆるりできませんわ」

その中に栄軍祭の時、占いをしてくれた人を見かけ、ロイドはおずおずと話しかけます。

「お、お久しぶりです。どうしたんですか、その格好にこの歓迎は」

「ロイド君おひさー。実はね、今の上司の命令でさ、このカッコで歓迎してって……どう？似合ってる？」

「似合っていますけど……どこで調達したんですの？」

セレンの問いに課報部の先輩は「知らないの？」と不思議そうにしました。

「あなたたちの一個上の先輩で、メガネかけた上級生の娘がすぐさま作ってくれたよ。知り合いじゃないの？」

もう誰だかお分かりですよね。フットワークの軽い同級生にミコナが額《ひたい》を押さえます。

「広報部にも諜報部にも顔が利《き》くようになって……ある意味このインターンで私より自分を売り込んでいるわね」

さて、歓迎の花道を歩かされ中に入ると、部屋の中央でロールが腕を組んで待ち構えていました……なぜか女将《おかみ》さん的な着物姿です。

「待っとったえ、ロイド君。あぁ、ついでにリホとフィロも」

彼女の姿を見て、真っ先に妹分のリホが不可解な歓迎をロールに問いつめます。

「どういう裏があるんだロールよぉ……ていうかお前も何だその格好は？　そんな着物着るんなら三つ指立てて歓迎しろよな」

「あぁ、これどすか。ウチは嫌って言うたんですけどなぁ「せっかくなんで可能性を感じてみましょう」ってメガネクイーしながら言われて、まんまと着させられたわ……あっと言う間に着させられて着物やし簡単に脱げんわ」

それを聞いてミコナが深々と頭を下げます。

「うちの同級生がすいません」

「あぁ、ええよミコナちゃんが謝らんでも、頼んだんはウチやしな」

「で、ロールの女将さん、諜報部ってのはいつから仲居さん部になったんだ、おい」

ロールの着物の袖《そで》をつまみながら顔を覗き込むリホ。

彼女はその手を振り払うと口に手を当ててはんなり微笑みます。

「この格好じゃ説得力あらしまへんが……まぁ変装も諜報の一環と思うてもらいましょう」

「……相変わらず口が回る」

「そして接待して相手から情報を探るのもうちらの仕事……というわけで黙って接待されや」

上から目線で「接待させろと」と言われ消化不良の一同。

リホはその真意を鋭く察しました。

「へっ、どーせ有能なロイドを招いて自分のために働かせようってとこだろ」

「ご名答……ま、有能ってだけやないんやけどなぁ」

「……違うの？　……あとおかわり……ほれ、注《つ》げ」

もうすっかり接待されるモードのフィロは飲み干したコップをロールの前に突き出します。

渋々お茶を注いだロールでしたが、気分が良いのか本当のところを耳打ちします。

「ロイド君は今なぁ、王様に目をかけられとるんや……このインターンが前倒しになったんもあの子の将来が気になる王様の意向があるんや」

「……だからか」

色々腑に落ちたリホとフィロ。本人には内緒やでとロールは釘《くぎ》を刺すと言葉を続けます。

「そんな目をかけている少年が入ろうとする部署に予算ケチらんやろ、第一候補でも第二候補でも「諜報部に入りたい」と一言言ってもらえりゃええねん。その一言が文字通り値千金、予算上積み確定や」

「相変わらずがめついな」

ロールとリホを交互に見てフィロは小さく頷きます。

「……やっぱ姉妹だ」

ロールは「言っとけ」とにこやかに笑うと、もっともらしい事を理由に接待を始めました。

「と、いうわけや！　諜報活動にさり気ない接待技術は必須」

「ところでロールよぉ、さり気ないって単語知ってる？　ていうかロイドをお前の昇進の道具に――」

文句を言い続けようとするリホにロールは黙らせせようとします。

「ところでリホ、ドーナッツ好きやったよな」

「クソ！　さり気ねえ！」

ドヤ顔のロールにあっさり買収されるリホさんでした。

「このように、相手の好みを調べておくのも諜報部の務めや。ちなみにサーデン王に好みのワインや焼酎を用意させたんもウチや」

「勉強もできて美味しく接待される……いい配属先ですわね諜報部って」

セレンはもうすでにロールの術中に収まっているようです。

「く、好印象を得るために甘んじて接待される、この何とも言えない背徳感……このオードブル美味しい」

全力でおべっかを使うつもりだったミコナは逆に接待され消化不良な気分のようです。

そして接待され一番困惑しているのはロイドでした。

「これが接待力……勉強になりますけど……」

「まぁまぁロイド君、ゆっくりしてってや」

「でもインターンでこんな接待は……」

困惑しているロイドにロールは奥の手を使おうとします。

「せやろうなぁ、料理好きなロイド君は料理を振る舞われるより、振るう方が好きやもんなぁ。そんなロイド君が喜ぶモンはすでにチェック中やで」

「え？」

そんなロールが満を持して用意したのは……なんとナース服でした。

「ほれロイド君、これが着たかったんやろ！　ええで！　今日はコスプレパーティーや！　メガネ女子の二年生が言うとったで！　ロイド君はナース服のコスプレ嫌嫌やっとったけど本当は――」

「いえ、本当に嫌がっていましたが、何か？」

「え？」

「な　に　か　？」

残念、それはメガネ女子先輩の願望だったようですね。

最後の最後の一押しでしくじってしまったロールさん、予想外の展開に戸惑いを隠せません。

「そ、そんな……内にはコスプレ大好きな気持ちを秘めていて、栄軍祭では執事服にメイド服、巷《ちまた》ではホテルマンの衣装、ロクジョウ王国ではスーツを着こなしていたと……」

その衣装情報はあっていますね。コスプレ大好きという点が間違っていますが。

「ウチの同級生がすいません」

陳謝するミコナ。その傍らでリホがドーナッツを頬張りながらニヤニヤしていました。

「さーて、接待相手を不機嫌にさせてしまった時の対処法を教えてもらおうかな」

「……興味津々」

「グヌヌ」

何とも言えない雰囲気が課報部に漂ってきたその時です。

その空気と課報部の扉を無関係の人間がぶち壊してくれました。

ドッゴーン！

「な、なんどすか？」

そこに現れたのは、なんと白目を剝《む》いたアラン。

「「「アラン!?」」」

しかし仲間の呼びかけに応じたのはアラン本人ではなく腰に装備された大斧《おおおの》に憑依《ひょうい》したスルトでした。

「ソーリー！　ロイドボーイ！　ようやく見つけたっ！　助けてくれ！」

「スルトさん？　どうしたんですか？」

駆け寄る大斧にロイドと、そしてセレンの呪いのベルト、ヴリトラが話しかけます。

「どうした！　トニー……じゃなかった、スルトよ！　アラン君は生きているのか⁉」

アランは白目を剝いたまま全く反応しません。スルトが頑張って引っ張ってきたようですね。

「だ、大丈夫です！　今のところは……でも、でも」

スルトが何かを言おうとしたその時……追手が来た模様です。

ヒュン！　ガスッ！　ヒュン！　ガスッ！

部屋の中を小ぶりの斧が二本暴れまわった後、床に刺さります。

「これは！」

「レンゲさんの秘術！　蜻蛉《かげろう》ですわ！」

秘術「蜻蛉」。手から離れた斧を自在に動かすレンゲの得意技、アスコルビン自治領独自の必殺技です。

何が何だか分からず身をかがめるロールは着物の裾《すそ》を踏んづけてずっころんでしまいます。

「ほんぎゃあ！」

「っ！」

ロイドはまた縦横無尽に暴れようとする斧を全力で取り押さえます。まるで水揚げされたばかりの魚を押さえるようにです。

「もう何どすか！　何なんどすか⁉」

「スルトよ！　レンゲ殿はどうしたんだ！」

スルトは弱々しく光ります。

「何かよぉ、元々アランに対しておっかーねーところがあったレンゲ嬢だったけどよ、その日はサプライズかってくらい豹変《ひょうへん》してよ、なんつーかメンタルロスト？　情緒不安定？」

「「「情緒不安定⁉」」」

まさかと思う一同の前にそのレンゲ本人が現れました。

「何でだぁ……アラン殿……何で分かってくんねーんだぁ……」

エレガントさなどどっかへ行って訛りまくりで登場のレンゲ。さめざめと泣いておりました。

「オラがこーんなに愛しているのに何で分かってくんねーんだぁ⁉　ロイド君のナース服の方が良いんだか⁉　確かにめんこいし保存用鑑賞用自分用に写真を撮っときたくなるのも分かるべ」

全部自分用ですね……布教はしないと思われているのがある意味リアルです。

「大変です！　情緒不安定で正常な判断ができなくなっています！」

「いえロイド様、レンゲさんの思考は正常ですわ」

「絶対変ですッ！」

即反論するロイドに即肯定するセレン……まぁ両者の気持ちは痛いほど分かります。

「そったらもうアスコルビン流で！　命がけの死闘で！　戦士として命を懸けた戦いで分かり合えるものがあるはずだべ！」

死んだら分かり合えないと思いますが。あと白目を剝いてる相手に無理言わないでください。

もう斧なんかそっちのけでアランにかぶりつこうとするレンゲ。

「こりゃホントに例の呪いかもな」

「実際目の当たりにするとヤバイですわね」

セレンが言うと妙に説得力があるのはさておいて……臨戦態勢、一触即発待ったなしのレンゲ。色々積もりに積もっているものがあるんでしょうね、十八禁の未来が見えます。

とまぁ体験学習が血みどろの体験をしてしまうのかもしれない、教育によろしくない危機的状況に――

「秘儀！　アグリカルチャー峰打ち！」

フンドシ姿のメルトファンが駆け付け、レンゲの首筋に「トン」と手刀を当てて無力化しました。どの辺が農業なのか、フンドシ姿になる理由は皆目見当つかない一同はポカーンとしています。

そんな視線など意に介さず、乱入したメルトファンはフンドシを締め直し、めっちゃやり遂げた顔をしています。

「どなたか捕縛できる縄か何かを、今の彼女は危険すぎる」

着物の裾を踏んづけたロールは、はだけた肩を直そうともせず部下に縄を持ってくるよう指示します。

気絶したレンゲを縄で捕縛し、一段落したとみるやメルトファンは「ふう」と一息つき、ここに来た状況を説明しました。

「お城の穀倉を見回っている時に、説教中に逃げたアランをレンゲ殿が夜通し追いかけまわしているって話を聞いてな……状況を聞けば聞くほど例の呪いの症状と似てたので嫌な予感がしたのだ。そして服を脱ぎ、レンゲ殿を探し回って今に至るということだ」

セリフの間に「服を脱ぐ」という無意味なワンクッションを挟んでいることにツッコみたい一同でしたがメルトファンは気にすることなく言葉を続けます。

「ふむ……これが本当に例の呪いであるなら相当厄介だろう。かかった人間によっては刃物《にんじょう》沙汰《ざた》だ、相手がアランでよかった」

アランでよかったの部分は誰もツッコもうとはしませんでした、アラン起きていたら「俺の扱いっ！」って涙目になっているでしょうね。

「大丈夫ですよメルトファン元大佐、レンゲさんほどの達人はそうそういませんから」

「ミコナせんぱーい、フラグ立てないでくださいよ」

リホの苦言にミコナが反論します。

「もし！　そういう時は！　この私、アザミ軍士官候補生二年生筆頭ミコナ・ゾルにお任せください！　魔王アバドンのイナゴの跳躍力に飛行能力！　トレントの木の根による応用力！　私ならバシッと止めてみせますから！」

ああ、自分の売り込みだったようですね。魔王の力を売り込むのもどうかと思いますが。

有能アピールをするミコナにフィロは「……露骨」と呆れる中、早速フラグ回収のお時間になりました。

ドタドタドタ……バッターン！

豪快な音を立てヘッドスライディングで登場したのは……なんとロクジョウの王様、サーデン・バリルチロシンでした。

「やぁみんな！　僕だよっ！　ってそんな余裕ぶっこいてる場合じゃない！　助けて！」

倒れこみながらも髪をかき分けポージングを披露する彼にロイドが駆け寄ります。

「ど、どうしたんですかサーデン王」

「おぉぉ！　ロイド君＆フィロちゃん発見！　いや、実はよく分からないんだけど――」

ロイドに縋り付こうとするサーデンの顔のすぐそばに、ナイフがスコンと小気味よく突き刺さりました。

「ひぃ！」

「え？　何ですの？　ナイフ？」

凶刃が飛んできた先を一同が視線を送ると、その先には――

「――――っ！　――っっ！」

普段は物静かなサーデンの妻ユビィが声にならない声で彼を追いつめていました。

「ユビィさん⁉」

「……おかーさん？」

ユビィはロイドらの驚きも意に介さず、というかサーデンしか見えていないようです。

「――アンタはいっつもアホを演じて！　――本当にアホになっているんじゃないかい！　昔のアンタはもっとシャキッとしていたじゃないか！　国民に慕われる方向性も分かるけど！　もう少しそばにいる人間の気持ちも考えなよ！　――大体あんたは……」

彼女も日頃の鬱憤《うっぷん》がたまっているんでしょうか、マシンガン正論、いや、正論の絨毯爆撃ですね。

「朝からこんな感じなんだよ！　昨日からなんかおかしいなと思っていたんだけど……気が付いたら、この仕上がりっぷりなんだよ！　これってアレかい⁉　例の呪いかい⁉」

「セイッッッ！」

「ヒィィ！」

ナイフを乱れ打つユビィ。昆虫標本のように床に張り付けられるサーデン、題してビビり人間……といったところでしょうか。

「み、ミコナ先輩！　さっきバシッとって言っていましたけど！　今そのバシッとチャンスですわよ！」

「ちょっとセレン・ヘムアエン！　何よバシッとチャンスって⁉　一国の王の妻をバシッと叩《たた》いて足折って腕をあらぬ方に曲げでもしたら、外交官どころか投獄されるわよ！」

「そこまでやれとは言ってないですわ！」

「だ、誰でもいいから妻が怪我《けが》しない程度に穏便に止めてくれぇ！」

こういう状況でも妻を大事にするサーデン。そこに――

「んも～騒がしいと思ったらこれだよ」

どこか気の抜けた声音が部屋に響きました。

「……おねーちゃん」

フィロの姉でサーデンの娘、メナの登場です。

「家族の不始末はちょちょいともみ消すよん……ごめんねお母さん、ウォーターボール！」

糸目のメナは小さく詠唱すると得意の水球魔法をユビィの頭にかぶせます。

ガバゴボと水球に溺れるユビィは数秒後ぐったり床に倒れました。

「……んで、どしたのお母さん？　昨日は普通だったのに」

フィロがユビィを抱えると父親のサーデンに詳しい事を尋ねようとしますが、それをメルトファンが止めました。

「待つんだフィロ・キノン。この話は関係者全員で詳しく聞く必要があるだろう……ロールさん、ここにクロムやコリン、その他呪いに詳しい人間や医者を呼んでくれ」

仕切るメルトファン（フンドシ姿）に彼女は力強く頷きます。

「了解どす、来賓二人はソファーに寝かせや、諜報部の面々は手分けして呼びに走る、よろしく」

さて、ロクジョウのお妃様《きさきさま》とアスコルビン自治領の一部族の長が相次いで暴走……もう注意喚起など悠長《ゆうちょう》なことを言っていられない状況になってしまったようですね。

「この呪いが多発すると大問題ですね……市民の皆さんに蔓延して欲しくないです。あと大事になった後、僕のあのポスターなんか貼《は》ったら反感買わないかなぁ……張らないで欲しいなぁ」

色々なことを心配するロイドは倒れた二人を濡《ぬ》れタオルで拭いたり頭を冷やしたりして看病してあげてました。

「日頃から誰か恨《うら》んでいる人間がかかったら、大事件が起きてもおかしくないですわ」

「それだけじゃあらしまへん、精神の不安定な人間は簡単に扇動しやすくなるで。大衆のコントロール……洗脳の類はあのロクジョウ魔術学園でも研究は禁止やった」

セレンの不安にロールは元魔術学園の学園長としての見解を伝えます。

不穏な空気が渦巻く中、諜報部の部屋で緊急会議が行われることになるのでした。

諜報部員が外に出てしばらくしてから、クロムやコリンたちが息せき切って現れました。

「荊の呪いが軍内で発生したのが不幸中の幸いだったな……中央区外だったらなんて騒がれていたか……」

一国の妃と有力者が刃物を持って暴れる……大衆雑誌の格好の餌食《えじき》になりそうですね。どんな記事が書かれるか想像してクロムは肝を冷やしました。

「しっかし事態は深刻やな。サーデン王、奥様の事、今朝からどうだったのか詳しく教えてもらえまへんか？」

コリンに言われ、サーデンはまるで怪談話を語るように静かに話し出しました。

「あれは小鳥さえずる爽やかな朝の事だ……深酒だったのか妻はすぐには起きなくてね……私が洗顔などを済ませてからようやくモソモソと起き出したので私はいつものように朝のチュウをおねだりしたんだ……」

「……聞きたくなかった」

「いつも……父親からそれを言われると……クルものがあるね」

娘にとって両親の具体的なイチャイチャ話はある意味怪談話ですね。

「いいじゃん！　いいじゃん！　十年以上離ればなれだったんだから！」

子供のように「いいじゃん」を連呼するサーデン。さらに表情の固まる姉妹。

「へっへっへ……困り顔の二人は貴重ですのでガッツリ続けてくださいサーデン王」

「同感ですわ、お写真撮りたいくらいです」

リホとセレンはそんな二人を悪い顔でいじりました。

「ハッハッハ、いい友達を持ったなナッちゃんフィロちゃん……でだ、私はいつものように冷たくあしらわれた、サーデンショックだよ」

「……よしよし」

イメージ通りの母親で喜ぶフィロ。

「ふ、何度でも挑戦するまでよ、サーデンは挑戦を諦《あきら》めない」

「そのネバーギブアップ捨ててよ」

娘の訴えを暑苦しい笑顔で誤魔化すサーデンさん。絶対諦めないようですね。

「でね、それで終わりかと思ったら急に妻が怒り出して、やれこの前も人前でチュウを求めたとか、色々不満が爆発したのかなぁ……って思ったらナイフを取り出しマジな振り回し方を始めてさ……愛が重すぎ？　いやこりゃ例の呪いじゃないか？　フィロちゃんのいるところにロイド君がいるから助けてもらおう、そしてサーデンダッシュ！　で、今に至るってわけ」

「で、私が父親のみっともないダッシュとお母さんののっぴきならない様相に慌てて追いかけたってこと」

　クロムが唸りました。

「ふむ、外交の長官から聞いたが前日もサーデン王に攻撃的だったそうで……やはりアザミに来てからですか」

「うん、アザミに来る前はここまで攻撃的じゃなかったなぁ、テンション上がったのかな～って思ったよ、僕のアプローチがついに我妻の冷たいハートの奥底に潜む、かまってちゃんの魂に火が付いたと思ったんだけどね」

「……個人の感想はいりません」

　フィロが小声でツッコむ隣でメルトファンが会話に加わります。

「私が知り合いに聞いた限りではどうも最近のレンゲ殿は変だったみたいですね。愛するアランの傍《そば》で浮かれているのかと思っていたが……」

「お二人の共通事項があれば呪いの原因が割り出せるんですが……同じ場所に寄ったとか、同じものを食べたとか……」

　クロムが悩んでいる時、そこにマリーが現れました。

「医者として呼ばれてきてみたけど大惨事ね」

「あ、マリーさん」

　ロイドに軽く手をあげるマリー、続いてサーデンに挨拶します。

「お久しぶりですねサーデン王」

「やぁ、毎回大変な状況でお会いしますね、ハッハッハ」

「お気になさらず。しかしロクジョウと自治領のお偉いさんにまで荊の呪いが……」

「ま、魔女マリーさんなら何とかしてくれっだろ」

「リホちゃん、プレッシャーかけないでよ……詳しい原因が分からないから症状を抑える程度の薬で経過を見ていくしかないのよ」

マリーは澱粉《でんぷん》で溶いた粉薬を木のスプーンでレンゲとユビィ二人の口に運びました。

「まずはこれで良しっと……すぐに――」

すぐには治らないから経過を見てね。そうマリーが言おうとした矢先の事です。

薬を口にした瞬間、二人は何事もなかったかのようにムクムクと起き上がったではありませんか。それもすっきりした顔で。

「あら、これはいったい？　アラン様は？」

「っと……どうしたんだいアンタ？　この状況は？」

一瞬で正気に戻った二人を見て一同は目を丸くします。中でも一番目を丸くしているのは他ならぬマリーですが。

「薬効くの早っ！」

ロイドは速攻二人を治したマリーに尊敬のまなざしを向けました。

「さ、さすがマリーさんです！　アザミの救世主バンザイですね！」

「え、いや、ちょっと、え？」

大体薬が血中に流れ始めるのは三十分から一時間はみた方が良いのですが……不思議に思ったマリーは目をパチクリさせたままです。

「っ……ナっちゃんにフィロちゃんも……」

上体を起こそうとするユビィを見てロイドが注意します。

「あ、ユビィさん。まだ安静にした方が良いですよ。今タオル替えます……あ、汚れまだありましたね、ちょっと拭いちゃいますね」

ロイドは濡れたタオルに――ルーン文字を施してユビィの顔の汚れを拭いてあげました。

はい、皆さんご存知、ロイドが汚れを拭く時クエン酸感覚で使う「解呪のルーン」です。

「「「それだ！」」」

ロイドの力を知っている人間は声をそろえて指さしました。

一方、いきなり指をさされ自分の力に無自覚なロイドも驚き戸惑います。

「え？　もしかして王族の人ってタオルで顔拭いちゃダメでした？　何か僕無作法なことを？」

そんな彼の肩をリホがポンポン叩きます。

「いんや、むしろファインプレーだロイド」

「やはり何かの呪術《じゆじゆつ》的なものどしたか……外交長官もその可能性を指摘してはりましたが、ホンマやったとは。そして――」

「あぁ、ますますジオウ絡みの線が濃厚になってしまったね」

自分の妻が過去呪われたことに未だトラウマのあるサーデンはアホダンディの片鱗《へんりん》をなくし怒り心頭といった表情です。

「呪いってことで原因はかなり絞りやすくなったけど……逆に対処の仕方が難しいね……」

「黒魔術やおまじない的な呪いか食べ物に混ぜる呪い……いっぱいありますわ」

その呪い方が何なのかハッキリしない限りは対処しようのない状況、依然芳《かんば》しくない状況に皆頭を抱えました。

「ユビィさん、レンゲさん、横になりながらでいいので、何かご自身が変になった切っ掛けみたいなのはありますか？」

「切っ掛け？　いえ？　いったい何のことだかさっぱり……」

「自覚症状もあまりなし……熱とかはありましたか？」

レンゲとユビィは逡巡《しゆんじゆん》します。

「うーん、そうだねぇ、体調不良というか……晩酌で妙に悪酔いした気がするね」

「私もアラン様の態度に業を煮やし紅茶にワインを入れて毎晩エレガントに飲んでいましたわ」

紅茶に酒を垂らすのがエレガントかどうかさておき、共通事項がお酒という点を掘り下げます。

「サーデン王も晩酌したのでは？　お気分の方は？」

「私も結構呑《の》んでいました、焼酎の方でしたが気分は悪くなるどころか心地よく酔えましたよ。我妻ユビィはワイン派だったのでずーっとワインだったがね」

　ワイン。その共通項にマリーが何かを思い出します。

「そういえば！　イーストサイドで似たような症状の人がいたけど、その人もたまたま高いワインを飲んでいたわ！」

「もしや原因はワインどすか？」

「ふーむ、生産者か、それとも運送業者か……とにかく先日呑まれたワインを特定してみよう」

「色々なルートで来るから少々骨やけど、一つ一つ調べていけば必ず元凶が見えてくるで」

「旅行者のトラブルも身分の高い連中が多く対処も困難だったを聞いていたが高級ワインが原因なら納得だ」

「お酒となるとただの悪酔いや酒癖の悪さで処理されている可能性も高い。そこも調べれば見えてくるかも」

「呪いの発症にも個人差があるのなら潜在的な患者は多いと思われます。一刻も早い対処が必要かもしれません」

　様々な意見の飛び交う中、クロムが役目を割り振ります。

「ロールとコリンは運搬系のルートを、メルトファンは生産系のルートを、マリア……っと、マリーさんはロイド君と一緒に呪われた方々を診察していってくれ」

「僕がですか」

「そう、助手みたいなことをしてくれ、タオルで顔を拭いてあげたりね」

「私も！　マリーさんの助手に立候補します！」

元気よく挙手をするミコナ。

こうしてインターンは急きょ予定が変わり一同の午後は丸々莉の呪い関係に時間を充てることになったのでした。


そして時間はすっかり夜になり、セレンやリホ、そしてフィロの三人がようやく解放されました。いきなり大事《おおごと》になり三人はどっと疲れた顔で帰路につきます。

「つっかれましたわ……せめて帰りはロイド様のお隣で英気を養いながら帰りたかったですわ」

ゲッソリとした表情のセレンはぐったりとして歩いています。ロイドと一緒に帰れなく二重の意味で肩を落としているんでしょうね。

「……わがまま言わない……師匠じゃないと呪いは解けないから」

フィロの言葉にセレンは涙を呑むしかありませんでした。

マリーとロイド、おまけでミコナは今現在も呪われていると思わしき人のいる病院に赴き「解呪のルーン」を施しながら診て回ってるのですから。その魔法の使い手である助手ポジションのロイドがいないと治療にならないので……

「まぁロイドのおかげで呪いが発症しても治療できるのはデカいな……問題は原因を特定し防せがなきゃなんないことだな……じゃなきゃ一生呪いを解いて回らなきゃならない。インターンも面倒だったけどこんな面倒な作業やらされるくらいならそっちの方がよかったぜ」

ロールにこき使われてワインなどの納入先の資料や販路など目を皿にして見ていたリホは目頭を揉《も》みながら愚痴をこぼしています。

「早めにジオウ絡みであることをハッキリさせてアルカ村長に手伝ってもらいましょう」

一応ユーグたちや魔王絡みでないと人類には関与しないと言っているコンロン村のアルカの協力をこぎつけるために頑張ろうとするセレンたちでした。

「……そうしなくても……師匠が頼めば手伝ってくれると思う」

まぁ、ロイドを溺愛している&何かと首を突っ込んでいるので関与しないというのはあってないようなものですよね……恐らく本人もあまり覚えていないのかもしれません。

とまぁロイドやアルカがいればこの呪い騒動も拡大は抑えられると少し気楽な三人でした。

そんな彼女らが大通りに差し掛かった頃、不意にしわがれた声がかけられます――

「もし……セレン・ヘムアエンさんかな」

呼び止められ、振り向いた先には身なりの良い肌の乾いた男が突っ立っていました。外を歩くには着飾りすぎているその男に、セレンたちは警戒しました。

「ええ、私がセレンですが」

「あぁ、よかった……では、そちらはリホ・フラビンさんにフィロ・キノンさん？」

貼り付けたような笑顔で他の二人を指さす男。

リホが訝し気な顔でその男の顔を覗き込みました。

「だとしたら何だってんだ？　まず先に名乗るのが礼儀だろ、おっさん」

男はおっさんと言われても貼り付けたような笑みを崩しませんでした。

「おっと失礼。私はトラマドールと申しまして……そこのセレンさんと同じ地方貴族ですよ」

感情のこもっていない謝罪にさらに不気味さを感じる三人。

フィロはトラマドールという名前に思い当たる節があるようです。

「……さっき資料で見かけた……アザミとジオウの間の領地の……」

「アタシもさっき嫌っていうほど見たぜ。たしかワイン農家の卸をやっているよな」

リホがそこまで言うと、トラマドールは「ええ」と動揺することなく応《こた》えました。

「よくご存じですね……実はですね、アザミで流行《はや》っている呪いに関して少々助けて欲しい事がございまして、お声をかけたんですよ」

その不自然な理由にリホがツッコみます。

「だったら中央区のちゃんとした軍人さんに相談してくださいよ。同じ地方貴族だからと言って士官候補生に相談する事じゃないっすよ」

もっともな彼女の意見。ですがトラマドールは動じることはありませんでした。

「ここでは話しにくいので……あちらでよろしいですか？」

狭い路地を指さした後、この場から逃げるようにトラマドールは小走りで駆けて行きます。

その挙動につられて三人は追いかけました。

「……逃げた？」

「話しかけといて逃げるかぁ⁉」

「待ちなさい！　ですわ！」

ひょいっと路地に身を隠すトラマドール、三人は考えることなく路地に飛び込みます。

「逃げても無駄ですわ！　……ってええ⁉」

「おい！　どうしたセレン嬢！　……ってうおぉぉ⁉」

「……まてー……んん？」

そんな三人の前に広がるのは——なんと海。いつの間にか砂浜に足を踏み入れていた三人は戸惑い辺りを見回します。遠くに見えるはアザミ王国の外壁の灯です。

「アザミのお城も見えますわ」

「ってことはアレか？　転移魔法か？」

「……コンロン村に向かった時……ユーグが使ったやつ？」

色々と推察する三人の背後から乾いた笑い声が響きました。

「ハハハァ、さすがに驚いたようだね、ここはアザミから少し離れた海辺だよ。この時期はクラゲが多くてロマンチックさの欠片《かけら》もなく、人なんか寄りつかないそうだ」

口数の多くなるトラマドールに三人は身構えました。

「あんたいったい何なんだ？　呪いの件で助けて欲しいって人間がこんなところに連れてくるかね？」

「そうだよ、助けて欲しいんだよ。実はある男に脅され、呪いを流行らせる片棒を担がされてしまってね。頑張って広げてきたワインの販路をこんなことに使われてしまって実に不本意極まりないのさ」

あまりにも核心的なことを口走り三人は驚きます。

「……それは自首したいということ？」

「――それでねぇ、その男が言うには、君たちを殺せば勘弁してくれるって言うんだよ。ひどいよねぇ、だからさ、おじさんを助けると思ってサクッと殺されてはくれないかな？」

「――ッ！」

トラマドールの纏う空気が一瞬で変わり、表情や仕草から殺気がにじみ出てきます。

すぐさま反応したのはフィロ。

彼女は躊躇《ためら》うことなく手刀を振るい斬撃を飛ばします。アスコルビン自治領で体得した秘術です。

いきなり殺傷能力の高い攻撃にさすがのセレンもドン引きします。

「ちょ！　フィロさん！　いくら殺す言われたからってそんな技を……」

対してフィロは平然とした面持《おもも》ちです。

「……やらなきゃ……やられる」

「セレン嬢、フィロの判断あながち間違っちゃいねーぞ。見ろほら」

リホが視線を促《うなが》す先では、トラマドールがフィロの斬撃を受けながらも平然としていました。

「ハハァ、参ったね、コレ高いんだけどねぇ、いくらすると思ってるんだい」

顔の表情を一切《いっさい》変えることなく爪をガジガジ嚙み始めるトラマドール。苛立《いらだ》ちを爪に向ける行為に三人は「うわぁ」と眉《まゆ》をひそめます。

ひとしきり嚙み続けた後、彼は両手を砂浜について前傾姿勢になりました。陸上のクラウチングスタートの姿勢に近い、獣のようなポーズでした。

「……このタイミングで女豹《めひょう》のポーズ？」

「なわけねえだろうが、おっさんが女豹のポーズをするわけないだろ！」

お手本のようなボケとツッコミのフィロとリホ。

「皆さん見てください！」

セレンはボケることなくトラマドールを指さします。彼は四つ足になると海に向かって吠《ほ》え出しました。

するとどうでしょう、彼の体はみるみる植物のツタや葉に覆われ緑色の豹のような獣に姿を変えてしまったではありませんか。小ぶりの葉っぱ……どうやらブドウのようですね。

乾いた声が大きなアギトから発せられます。

「地方貴族のトップに返り咲くために三人とも死んでもらうよ、本当は自分の手を汚したくないんだけどね……ま、いっか！　手じゃなくて前足だし！」

姿を変えたばかりか性格も変わり……いや、情緒不安定になったトラマドール。テンションを急にブチ上げながら彼は襲い掛かってきました。

「まずは地方貴族のよしみで呪いのベルト姫ことセレン！　君だ！」

鋭い爪で砂浜を切り裂くトラマドールの攻撃を呪いのベルトであるヴリトラがしっかり防御します。

「なんの！　この程度では我が主は傷つけられんぞ！」

「ありゃりゃ？　防がれたぁ⁉」

振り下ろした爪がベルトに食い込み動きの取れなくなったトラマドール。

その隙をリホとフィロは見逃しません。

「……リホ、合わせて」

「あいよ！　サンダーボルト！」

素《す》っ頓狂《とんきょう》な声を上げていたトラマドールに、まずリホが雷を放ちます。

「し、しびれっ！」

無防備になった胴体にフィロは渾身《こんしん》の一撃を叩きこみます。

「………せい！」

体重を乗せたミドルキック。

トラマドールは大砲で打ち出されたかのように吹き飛ばされ高く高く夜空に舞いました。

「うぎゃあ！　地方貴族の私がぁ！」

「なーんだ、頑丈だけど拍子抜けだぜ。大した事ねーな」

「……私たちも修羅場をくぐっているからね」

スルトの分身体やアバドンのイナゴ、ミコナのコピー等と戦ってきた三人にとってこの程度の相手は苦ではないようですね。

砂浜に埋もれたトラマドールは飛び起きるとグルルと獣のように唸りました。

「計算外だねぇ、ここまで強いなんて聞いていないよ、もうちょっと楽できると思ったんだけどさ……ハァァァァァ――」

どこか余裕のある口調でため息をつくトラマドール。

しかし、そのため息こそが罠《わな》だったようです。

「はっ！　ため息なんてつくんなら、大人しくしたらどうなんだ地方貴族さんよぉ……あん？」

そこまで言ったリホですが、姿勢を崩しよろけてしまいました。

そんな彼女を勝ちを確信したセレンが笑います。

「んっふっふ〜ん。リホさん、砂浜に足をとられるなんて締まりませんわね……っと、あら？」

行ったそばから同じようによろけるセレンを見てフィロが異変に気が付きました。

「……ッ！　リホ！　セレン！　奴の息を吸っちゃダメだ！」

彼女らしからぬ鋭い声音。しかし時すでに遅しの模様です。フィロも同じように足にき始めていました。

ゆらりとふらつく彼女を見て、トラマドールは大きなアギトを歪《ゆが》め乾いた声で笑います。

「フフフ、未成年にはちょっと厳しいかな、この息は」

乾いた笑いが砂浜に響く中、リホが頭を押さえ苦しみます。

「くっそ、頭いてぇ……なんだこりゃ、毒か？」

「クラクラして気持ち悪いですわ……」

トラマドールの息をもろに吸ってしまったであろうリホとセレンはうずくまるように砂浜に横たわってしまうのでした。

まだ何とか立っているフィロもフラフラ……トラマドールは勝ち誇ったように振る舞います。

「ハァァァ……息を吸わないわけにはいかないもんなぁ、フィロとやら」

「……」

「何とか言いなさい、息止めは続かないぞ、ハァァ――」

哀れ、フィロもトラマドールの毒の息の前に屈してしまうのか……と思われましたが――

「………ヒック」

なんと、フィロはしゃっくりをし始めました。そして……だらりと腕を前に垂らし脱力した後、朦朧《もうろう》とした表情になります。実に虚《うつ》ろな目、まるで……酔っぱらっているような顔でした。

「ハッハァ、もう限界ではないか？　魔王のブレスに」

トラマドールはほくそ笑みますが……

「オイ……」

「これって……」

この挙動にデジャヴを感じるリホとセレンは不快感を押してトラマドールに問いただします。

「オイコラ！　この息ってもしかしてアレか？　酒か⁉　アルコールか⁉」

戸惑うトラマドールに続いてセレンがクラクラしながら問いただします。

「大事なことですのよ！　はっきりとおっしゃいなさい！　これはお酒の何かですの⁉」

立て続けに問いつめられトラマドールはしどろもどろになりながら答えます。

「ま、これはアレだ、私もハッキリしないのだが、酒は百薬の長とも言うが、百毒の長ともいう……つまり酒の毒の力、酔いつぶれて狂乱に塗れることになるだろう。ハハハ」

「何を笑っているんですか！　酔いつぶれって……アルコールのブレスじゃないですの！」

「ひぃ！」

逼迫《ひっぱく》したセレンの言葉にトラマドールは優勢にもかかわらず身をすくめてしまいます。

「おま……おま……何てことしてくれたんだよ！　死にたいのか！」

続いて絶叫するリホ。

トラマドールは責められているワケが分からずフィロを指さします。

「え、でも効いているぞ……私のアルコールブレス。死ぬのは貴様らの方じゃ……」

「効いているから大問題ですのよ！　昔フィロさんは――」

それは、ほんの数ヶ月前の事。

豪華ホテル「レイヨウカク」で国から受けた任務をこなしていたフィロ。

その時、メナの頼んだワインをジュースと間違えて飲んで大暴れしたのでした。

部屋の家具に関節技や投げ技をかけ半壊させ、ロイドの肉体という尊い犠牲を払ってようやく静まった……という過去があったのです。

フィロは虚ろな目になりながら、トラマドールにフラフラと近づきました。

「な、なんだ？　まだ倒れないのか――」

「…………ゴロゴロしたい」


「「いやぁぁぁぁぁぁ！」」

セレンとリホは忌《い》まわしき過去を思い出し涙目で叫びました。

そうです、動揺するトラマドールに放った言葉、それは酔っぱらったフィロが暴れ出す前の地獄の合図。

トラマドールは「グルル」と豹のように警戒しフィロを睨みます。

「なんだ、何でそんなに怯えるんだ君たちは……おえ?」

彼女はいつの間にか肉薄すると四つ足のトラマドールをアームクラッチでガッツリホールドします。

「……楽しみだ……動物系モンスターは投げたことないから楽しみだ……」

「な、何を……うむぅ!」

まずフィロはよどみない動きでアルゼンチンバックブリーガーを駆使し、背骨を丹念にへし折ります。そして——

「……セイ!　セイ!」

バックドロップの体勢に入って一回、勢いを殺さず二回、三回とトラマドールを砂浜に叩きつけます。

「ギャア!　ギャア!　ギャァァ!」

「………セイ!　セイ!　セイ!　セイ!　セイヤッ!　セイ!　セイ!　セイ!　セイ!

セイヤッ!　セイ!　セイ!　セイ!　セイ!　セイヤッ!　セイ!　セイ!　——」

砂浜をゴロゴロと勢いを殺さず延々とバックドロップをし続けるフィロ。砂埃《すなぼこり》が月にかかるまで高く高く舞い上がっています。

魔王級の耐久力を有するであろうトラマドールですが、このいつ終わるか分からない無限のバックドロップによる猛攻に背骨も心もへし折りながら弱々しい悲鳴を上げ続けていました。

酒の吐息の効果が薄れたのか、セレンもリホも何とか立ち上がれるまで回復しました……が、この光景を目にして顔色はもっと悪くなってしまいましたね。

「なぁセレン嬢、これまたロイドが止めてくれるまで続くかね？」

「想像したくもありませんわ」

未だに続く……それどころかどんどん勢いが増している気配さえあるフィロの無限バックドロップ地獄。

さて、そんな折、不幸な少年が駆け付けました。

「な、何ですかコレ⁉　ってセレンさんにリホさん⁉」

彼の登場に二人は声を上げて驚きます。

「え？　ロイド？　何で？」

「どうしたんですの⁉　ってまさか私のピンチに⁉　さすが私の運命の人ですわロイド様！」

「それはねぇよ、絶対に」

驚く彼女らにロイドが大きな瓶を見せながらここに来た事情を説明します。

「実はですね、ミコナさんに言われて綺麗《きれい》な水を汲《く》んでこいと言われまして。それで昔村長が「海洋深層水は体にいい」と言っていたのを思い出したので汲みに来たんですよ」

ちなみに海洋深層水とは太陽の光の届かない水深二百メートルのミネラルを多く含んだ海水の事です……普通の人間が素潜りで汲めるものじゃありません。

そして二人はすぐさま気が付きました、マリーと二人きりになりたいいたいがためのミコナが追い払ったのだと。

追い払われたとは露知らず水圧二十気圧以上の海に潜る気満々だったロイド。

そんな彼とバックドロップに飽きたであろうフィロとの目が合ってしまいました。

「……師匠…………ヒック」

トロンとした彼女の目つきにロイドの背筋が凍ります。

「フィロさん!? どういう状況ですか!? な、な、なんかデジャヴを感じるんですけど!」

「……師匠」

「は、はい!?」

「…………ゴロゴロしたい」

「ってやっぱり酔っているじゃないですかぁ！ フィロさん、フィ――――いやぁぁぁぁぁぁ」

ザザーン……

海辺に響く少年の絶叫。

ロイドという生贄《いけにえ》のおかげでフィロのゴロゴロ魂はようやく収まったそうです。

数分後、力なくアザミ王国に向かって砂浜を歩くロイドたちの姿が……

「まさか荊の呪いに関わっていた地方貴族自ら襲ってくるなんてな……」

「しかも私たちの命ですの？　良く分かりませんわね」

「ま、こっちの被害は甚大だが得た情報は大きいな……そう考えないと割に合わねーな、なぁロイド……元気か？　ロイド」

「はう……」

「すまん、元気はないか」

事後が如く上着乱れまくりのロイドは半泣きです。

セレンはトラマドールをベルトで縛りながら砂浜をずるずる引っ張りリホは気持ちよさそうに寝ているフィロを抱えてとぼとぼと歩きます。

「この後、中央区のクロム長官に事情を説明して……私たち、ゆっくり休めるのはいつになるでしょう」

「いうな、セレン嬢、考えないようにしているんだから」

「………ふみぃ」

気持ちよさそうに寝ているフィロを見てリホは半笑いになるしかありませんでした。

第四章

たとえば自分が持っていないものを突き付けられたような——

「ソウの旦那、いったいどういうことだ⁉」

主不在のトラマドールの屋敷。

そこにまるで自分が主であるかのようにソウがバルコニーに立ち外を眺めていました。

そんな彼の背中にショウマの怒気をはらんだ声がぶつけられますが、彼にとって想定の範囲内の出来事なのか平然と背中を向けたままでした。

「トラマドール氏の事かな？」

「あぁ！　なぜアレをアザミ王国に……セレンちゃんやリホちゃん、フィロちゃんにけしかけたんだ！」

「逆になぜ怒っているのかね？　君の手を煩《わずら》わせたくないという親切心なのだが」

「殺すにしてもタイミングは俺《おれ》に一任してくれるって言ったろ！　なぜだ⁉」

自分のことを指さし訴え、そして問いつめるショウマ。

ソウはまだなお振り返ることなく外を眺め続けています。

遠くに広がるブドウ畑を見やりながら、しばらく沈黙を続けたのち、ソウは嘆息《たんそく》交じりで彼の問いに答えました。

「ふむ、では正直に言おうかショウマよ。君はロイド君の悲しむ顔を見たくない、他《ほか》の何よりも、何であろうと」

「…………まぁ」

「だから、君に任せたら絶対に彼女らを殺さないだろうと判断してトラマドールをけしかけたのだよ」

　そこまで言ったソウは振り返るとバルコニーの柵に背中を預けショウマの方を真摯に見やりました。

　ショウマは無言を返します。

「しかし、彼女らはいずれロイド君を利用し裏切る……もしくは恐れ離れていくだろう。そうなることは君が一番よく知っているはずだ」

「でも彼女らは——」

「違う…………とは言い切れないだろう」

　詰め寄るソウ。

　ショウマは言葉に詰まってしまいました。

「——ッ」

「そして信じていた分、裏切られた時の悲しみは計り知れない。そして自分が人と違うコンロンの人間であることを自覚してしまったら……心の熱を失った君以上の喪失感、ロイド君が耐えきれるだろうか？」

「それは――」

ソウは優しい声音でショウマの肩を叩《たた》きます。

「その可能性が欠片《かけら》でもあるのなら、彼女らをロイド君の良き友人として殺すべきだ、その方が悲しみは少なくて済む」

床に視線を落とすショウマ。

「責任のすべては私に擦《なす》り付ければいい、そして私は悪としてロイド君に殺される、そうすれば彼の悲しみは新たな英雄、その誕生の糧《かて》になる……ロイド君が世界の英雄になる幕開けだ」

ソウは何度かショウマの肩をもみほぐした後、バルコニーの柵に体を預け外のブドウ畑を眺めました。

「しくじったトラマドール氏の身元が判明したらアザミ軍は明日にでもここに攻め込んでくるだろう、その時が頃合《ころあ》いだ。別に私が殺してもいいのだが、よければ君の手で始末してくれないかショウマ。君なら苦しまずに彼女らを殺せるだろう」

ソウの言葉に反応するようにブドウ畑がざわめき始めます。そして瞬く間に屋敷周辺に生い茂り天然の迷路を形成し始めました。

「応用の利《き》く魔王の力だな、ユーグ博士に感謝せねば」

独《ひと》り言《ご》ちるソウ。ショウマは床に視線を落としながら意を決したのか小さく「分かった」と頷《うなず》きました。

「君はロイド君が英雄になるため、私は私が消えるため、共に励もうではないか」

「……だな、ソウの旦那」

力なく同意したショウマは肩を落としたまま部屋の外へと出ていきました。

彼の背中を見届けた後、ソウは申し訳なさそうな顔で懺悔《ざんげ》するようにつぶやきます。

「すまないショウマ……邪魔が入らぬよう足止めをしてくれ……呪《のろ》いのベルトやミスリルの義手は厄介《やっかい》なのでな……ロイド君を確実に殺すためには……」

そしてショウマ同様に視線を落とすと、自分に言い聞かせるように独り言ちます。

「仕方がないのだよ、私が消えるためにはロイド君を殺す、それしかないのだから」

同刻、アザミ王国王城にて。

夜の帳《とばり》はすでに落ち、城内の廊下や各部屋は蓄光魔石の優しい光が灯《とも》っています。

そんな城内の一室、応接間ではクロムやコリン、ロイドたち、そしてアザミの王様やサーデンたちが神妙な顔でそこにいました。

一同が囲んでいるのは件《くだん》の異形と化したトラマドール……彼はセレンのベルトにきつく縛られ床に放られています。ブドウのツタや荊《いばら》のような植物で四足歩行の獣を形どっているトラマドールはまるでハンターに仕留められた害獣かのようでした。

「……ってことがあったんですよ。ま、一番やばかったのはフィロが暴走した時ですね」

リホは自分たちが帰る途中、何が起こったのかを詳細に説明しました。トラマドールが襲ってきたよりフィロが彼の放つ酒気により酩酊《めいてい》状態になった時の方が絶望的だったと語るさまはぐったりしているロイドの姿を見てみんな納得の模様です。

「そんなことがあったんか……それでロイド君があんなぐったりしてフィロちゃんがほっこりしているんやな」

「あーあの状態になっちゃったのか……そりゃあヤバいね」

ソファーに横たわり母親のユビィに膝枕《ひざまくら》をしてもらっているフィロを見てコリンとメナは乾いた笑いをするしかありませんでした。

「なぜ私たちの命を狙《ねら》ったのかは不明ですが、おそらく一連の呪い騒動、この地方貴族の仕業ですわ」

ベルトでトラマドールを吊《つる》し上げるセレン。どことなく大物を釣った漁師感ある雰囲気です。

「しかし一件落着とはいかないようだね、黒幕を匂《にお》わせているとは……」

王様に言われコリンが報告書を読み上げます。

「トラマドールが倒された後も「荊の呪い」らしき症状を発症する人間が後を絶ちません。潜在的に呪われている人間がまだいるとなると油断できませんわ」

「トラマドールが販路を持っているワインの入荷先をすべて疑わなければならないな……そして黒幕を捕まえない限りは同じような事をされる可能性が高い」

　クロムが疲れた顔で頭を掻《か》きました。ワインの回収に飲んでしまった可能性のある人間をロイドの解呪のルーンを施していかなければならないと考え頭が痛い模様です。

　そんなクロムにマリーが笑顔を向け安心させます。

「大丈夫よクロム。私も解呪のルーン使えるし、特効薬に関しては頼れる人間に心当たりがあるから……まぁアレが人間かどうか自信はないけど……この一件に魔王が関わっているなら手伝ってくれるでしょ」

　その口ぶりにその場にいる大体の人間が思い当たりました。あぁ、あのロリババアだと。

「もしこいつが魔王となると……あの連中が関与している可能性がありますな。ユーグ博士、怪人ソウ——」

「もしかしたら、ショウマ兄さんも……」

　重くなりそうな雰囲気を察したのかメナが明るい声音で割り込んできます。

「ま、とりあえずトラマドール氏の邸宅を捜査して証拠類を押収、真犯人確保はそれからだね」

　クロムが頷くと士官候補生たちに指示を出しました。

「うむ、明日の朝にでもトラマドール宅に突入したい」

「ってことはアタシらは補佐ですか、うへぇ」

朝から仕事したうえ先ほどトラマドールと一戦交えたばかりのリホは明日も忙しくなると思うと露骨に嫌な顔をしました。

「お疲れのところ申し訳ないけどなぁリホ、アンタら士官候補生と同じく突入組やで」

姉貴分のロールの言葉にリホは疲労一杯の顔で食ってかかります。

「はぁ!? 何でだよロール！　学生じゃなくちゃんとした軍人使えよ！」

ロールは頭を指で叩き「ちったぁ考えや」とぼやきます。

「あんな、「荊の呪い」は、ほぼほぼワインが原因。つまりこの作戦は酒を飲んでへん人材が必須、士官候補生は外せへんのや。なんやリホ、隠れて呑《の》んどるんか」

「んなわけあるかよ……あーそうだよな……かったるい」

冗談めかしたロールの問いに考えの至らなかったリホは「しょうがねぇ」とうなだれます。

「確かに突入中にいきなりユビィさんやレンゲさんのような暴走されたら大変ですね」

「そういう事やロイド君。あの二人ほどやないと思うけど指揮系統が混乱してまうからな」

納得するロイドの肩をクロムがポンと叩きます。

「でもまぁさすがに疲れているんだ、リホやロイド君たちは午後の後発隊に回ってもらおう」

「良かった……少しゆっくり寝られますわ」

その言葉を聞いて安堵《あんど》の息を漏《も》らすセレン。一方ミコナは息まいております。

「先発隊は私率いる上級生たちという訳ですね！　分かりましたクロム教官！　安心しなさい

一年生たち！　あなたたちが来る前にすべてを終わらせるから寝坊しても問題ないわよ！」

「そうなってくれると助かるぜ先輩」

ヘトヘト顔で笑うリホ。

やる気に満ち溢《あふ》れるミコナにロールが声をかけます。

「ええやる気やなミコナちゃん。じゃあ明日の作戦会議しようやないか、お互いの明るい未来のために……な」

ロールの意味深なウィンクがさく裂します。自分は出世のため、そっちは良い配属先に所属するため……共闘しようというお誘いです。

「ハイッ喜んで！」

当然ミコナはいい返事。そして二人は奥の部屋へと向かっていったのでした。

「相変わらず使える奴《やつ》を見抜くのはウメーなロールの奴……」

リホが姉貴分に悪態をついたその時、真夜中を告げる時計の音が部屋に響きました。

「ふむ、もうこんな時間か……君たちは明日に備え今日はお城に泊まっていきなさい」

王様の提案にロイドはビックリします。

「え、いいんですか！　い、一介《いっかい》の士官候補生ですよ」

「ほっほっほ、構わんよ。メナ君、人数分の部屋を用意しなさい」

「はいりょーかーいでーす。いざまいらん」

メナが軽い感じで敬礼するとロイドたちを誘導します。

「フォー！　ロイド様と一つ屋根の下！　しかもお城！　これはハプニングの予感ですわ！」

「おめぇさっきゆっくり寝られるとか言ってたろ。しかしこいつは僥倖《ぎようこう》だ、お城なんてこんな機会じゃなきゃ泊まれないぜ」

「お城でハプニング起こそうなんて神経太いなぁセレンちゃんは、フィロちゃんは私が運ぶよ」

ロイドを中心にバタバタしている皆を見て、王様は目を細めました。

「よく見ると本当にみんなの中心なのだなロイド君は」

そんな彼に余所余所《よそよそ》しくマリーが話しかけます。

「あの、王様……私もですか？」

「もちろんだとも！　お城でゆっくりしていきなさい！　おっきなお風呂《ふろ》もあるからな！　みんなも入りなさい！」

あからさまに態度を変える王様を見てロイドは——

「やっぱ救世主マリーさん、王様からあんなに信頼されているなんて」

と勘違いし、やっぱり王女だと一切《いっさい》気が付きませんでした。

というわけでロイドたちは明日に備えて治療を受けお城で一泊することになりました。

そしてマリーとそこまでダメージを受けていないリホたちは一緒に大浴場へと向かいます。

アザミ王国大浴場。

王様が娘マリアにどうしても帰って来て欲しい、どうしたら帰って来てくれるのかと考え、何を血迷ったのか「そうかでっかい風呂じゃな」という謎《なぞ》の発想に至り数週間で着工、完成までこぎつけた親の愛（笑）の結晶なのです。

当初は無駄だと猛反対されていましたが激務で城に詰める軍人にとって大きく温かい風呂場は意外に好評で「さすが王様」と予期せぬところで評価が上がったとか。

部下に好かれる一方で一番好かれたいマリーには「馬鹿《ばか》じゃないの」の一言でぶった切られたという逸話があります。

ちなみにホテル「レイヨウカク」のオーナー、元近衛兵長《このえへいちょう》コバの伝手《つて》で豪華ホテルを手掛けた建築士とアランの父スレオニンの提供によるヒノキで設《しつら》えられた和のテイスト溢れる一級品の大浴場に仕上がっております。

――カッポーン

ヒノキ香《かお》る大浴場に女性陣がゾロゾロと入ってきました。さながらトーナメント選手入場が如《ごと》くです。

「選手入浴！　だらしなさで鍛え上げた豊満ボディ！　魔女マリーが真の姿になりつつある！　マリア・アザミ入浴だっ！」

「メナやん、申し訳ないけど明日もあるんではよ入ろうや」

諸々《もろもろ》あって疲れた顔のコリンはメナの悪ふざけをいち早く止めました。

「えぇ、ノリ悪いなぁ……ま、しょうがないか」

「あの、私悪口言われただけ？」

「まぁまぁ王女様、豊満税だよ豊満税」

「有名税みたいなノリで言わないでよ……大変なのよ……」

国民の大半が反対するであろう謎の税収と主張するメナにツッコむことなくリホとセレンは体についた砂を洗い流しています。

「あぁ、髪の毛に砂が……まったく魔王は……」

「耳の中も入っていやがるぜ、トラマドールも砂浜なんかじゃなくて草原とかに連れてけってんだ」

先刻までトラマドールと戦っていた二人は悪態をつきながら砂を洗い流しています。

「災難やったなお二人さん……にしても魔王に悪態つくなんて、慣れっって怖いで」

湯船につかりながら半笑いのコリン、そして傍《かたわ》らのマリーは自分のために作られた浴場をため息つきながら見渡します。

「まったく父さんめ……独断でこんなもの作って……」

「まぁまぁおーじょ様、おかげでのんびりできるんだから様様だよ」

「アハハ……そう言ってもらえると……あら？　フィロちゃんは？」

　マリーが辺りを見回すとサウナからシュウシュウと湯気を纏《まと》ってフィロが現れました。どうやらサウナでトラマドールのアルコールブレスを抜いていたようですね。

「…………復活」

「オメーと風呂入るときっていっつも酔っ払ってるよな」

「……ん？　そだっけ？」

　そのやり取りを聞いたマリーは恨《うら》めしそうにぼやきました。

「あ、そっか。みんなホテル「レイヨウカク」で一緒にお風呂に入っていたんだっけ……ホント、私も入りたかったなぁ……てか思い出しただけで身震いが……」

　一人だけ名探偵（笑）にされ何も知らない事件の謎解きをさせられ汗を流すどころか冷や汗をかき続けたマリー、若干《じゃっかん》トラウマのようですね。

「旅行に行ったら自分だけはぶられた、心中察するに余りあるで王女様」

　そしてようやく砂を洗い流したリホとセレンは湯船につかります。

「しっかしインターンどころじゃなくなったなマジで」

「ロイド様のためにわざわざ前倒しになったのに大変ですわね」

　事情を知らないマリーは二人に尋ねます。

「え、どうしてロイド君が？」

「実はね王女様——」

メナは事の経緯を説明。もちろんマリーとロイドをくっつけたいという王様の意向はしっかり伏せて伝えます。賢明な判断ですね。明日大変だというのに内乱が起きてしまう情報を漏らすメリットは皆無ですから。湯けむりが血煙になっちゃいますし。

すべて聞いたマリーは頰《ほお》を掻きました。

「あーそういう訳か……まったくあの父親は」

「まーしゃーないで王女様。いろいろ非公式やし、ホンマのこと言ってもだーれも信じへんよ、「ツッコみ待ちですか？」って言われるのが関の山や」

「そして各部署のロイド君争奪戦に発展……と。大変だったでしょ」

猛アプローチの状況を目の前で見ていたリホは苦笑いです。

「あぁ、あの贔屓《ひいき》っぷりすごかったぜ。ミコナ先輩なんか嫉妬《しっと》に駆《か》られて歯ぎしりしまくってたよ……草食動物並みに奥歯すり減っているんじゃないか？」

セレンも会話に入ってきます。

「そのミコナ先輩、マリーさんとお風呂入る機会を逃したと知ったら歯ぎしりどころじゃすまないかもしれませんわね」

不運なミコナにリホが天を仰《あお》ぎます。

「あーそうだ、タイミング悪いなぁ先輩も、今なら――」

「今なら？」

「——何でもねっす」

マリーの問いにリホは口を閉ざすのでした。ミコナの本性……マリー大好きすぎ人間なんて本人には伝えられないですよね、リアルガチ知らぬが仏ですし。

「えーなによー、セレンちゃんも何か知ってるの」

「——知らねっす、ですわ」

そんな会話の中——

「…………ジーッ」

フィロは無言でマリーの方をワニのように潜りながら見ていました。

「ん？　どうしたの？　フィロちゃん」

スイーっと湯船の中を泳ぎ、マリーの方へと近づくとフィロは——ぎゅむっとマリーの胸を無造作に鷲摑《わしづか》みにしました。

「ひゃわ！　ちょちょちょ！　フィロちゃん⁉」

「……でかい、そしてこの弾力……偽物ではない」

「ちょっとフィロちゃん⁉　どういうことなの⁉」

フィロはその弾力と大きさにほんのり驚きながらフロントアタックを決行した経緯を説明します。

「……でかいでかいと思っていたので……もしかしたら王女であることを隠すカムフラージュ

のため豊胸手術をしたのかと……伊達《だて》メガネのノリで」

「伊達メガネ感覚で豊胸手術なんてしないでしょ普通！　モノホンよモノホン！　大変なのよ肩凝《こ》るわ下に物を落とした時すぐ拾えないわ……」

マリーさん、それ自虐風自慢と受け取られますよ。

「アタシへの当てつけっすか？　どーせ困りませんよ、肩もやんなるくらい健康だし、物落とし放題ですしね」

半眼ジト目でマリーの胸部を睨《にら》むリホ、湯船に沈みブクブク泡を吹いちゃってます。

「ちょ、リホちゃん！　本当に大変なんだから——」

「——やれ、セレン、フィロ」

「……イエッサー」

「ですわ」

「ちょっと——ひぎゃぁぁぁぁ！」

真夜中の大浴場にマリーの嬌声《きようせい》がこだまします。この状況、ミコナがいなくて本当によかったとメナとコリンはのちに述懐したそうです。

さて、マリーたちが緊張感なくキャッキャウフフしているそのさなか。

マリーの補佐にフィロの暴走を止めたりと相変わらずの大活躍を見せたロイドはお城から提

供されたフワフワのパジャマにモコモコのスリッパといった細部までおもてなしの行き届いた寝具を身に着け豪華な一室のベッドの上に横たわっていました。

高価そうな羽毛布団《ぶとん》の上でロイドはようやく一息付けたのか大きなため息をつきます。お城に泊まるといった緊張感が急に解けたのでしょう。

「なんかとんでもない事になっちゃったなぁ」

具体的な進路を見つけるインターンが呪い騒動のせいで有耶無耶《うやむや》になってしまったのでロイドは不完全燃焼なのです。

「……改めて軍人さんって大変だなぁ……予定通りに物事が進まない、事件が起こったらすぐ駆け付けてトラブルに介入しなければならない……市民の皆さんからは時に疎《うと》まれ時に怒られ、責任も付きまとう、でも……」

ゴロンと寝返りを打ってからロイドは口元を緩め、独り言ちます。

「喜んでもらえるのは嬉《うれ》しいんだよなぁ」

今まで色々な雑務をやって市井《しせい》の人々からお礼を言われたことを思い出したロイドは思わず顔がほころんでいました。

「だからこそ、真剣に考えないと、自分のできること、自分を最大限に生かせる場所を見つけなきゃ」

天井《てんじょう》を見つめながらそう決意したロイド。

その時、コンコンと小さなノックが響きました。

「どうぞ、開いていますよー」

マリーかクロムと思ったロイドは軽い感じでドアの向こうに返事します。

「失礼するよ」

「――うん？　……え⁉」

現れたのはなんと王様でした。ローブや王冠と言った装飾品を外し一瞬誰だか分からなかったロイドは分かった瞬間驚いてベッドから転げ落ちてしまいました。

「お、お、お……王様ぁ⁉」

「ハハハ、驚かせてしまったようだね。すまない」

直立不動で敬礼するロイドを見て微笑《ほほえ》ましそうに王様は目を細めます。

「そう固くならずともよい、まぁ腰を掛けたまえ」

手近な椅子《いす》に腰を掛ける王様は緊張を解くようロイドに促《うなが》しましたが……彼はベッドに腰を掛けますが背筋はピーンと伸ばしたままです。王様と二人きりで同じ部屋にいるんですもの、まぁ無理ないですよね。

「ど、どういったご用件でしょうか⁉　明日の出発時刻が変わったとかですか⁉　でもそれなら王様が来なくとも……」

上ずったまま質問するロイドに王様は笑いながら答えます。

「いやいや、明日の事ではない。呪いとは別件の事じゃよ」

「は、はぁ……」

王様はロイドの顔を覗《のぞ》き込むと彼の顔をじっくりと見やります。

「ロイド君、君に聞きたいことがある……なに、そんな難しい質問じゃないさ」

「あ、ハイ！」

「君は士官学校を卒業したら、将来どんな配属先を希望しているのかな？」

今しがた悩んでいたことを聞かれたロイド、心を読まれたのかと余計アタフタしちゃいました。

「え？　何で王様が⁉　っと……落ち着かなきゃ……」

ロイドは何度か深呼吸してようやく落ち着いた後、真剣な顔で答えました。

「あの、今もちょうどその事を考えていたのですが、未《いま》だにどこがいいか悩んでいまして……広報部や警備部、外交官に諜報部《ちょうほうぶ》とありがたいお誘いは受けたのですが……」

「ふむ、結構いいところから誘われているから、選ぶのに悩んでいるということかな？」

「いえ違うんです。一番自分に合っている部署、自分が生かせる場所、人々に喜ばれるのはどこなんだろうって考えたらキリがなくて……」

「なるほど、軍人になったその先を考えているということか。真面目《まじめ》な君らしい悩みだ……私は昔から王族としての使命があったから選択する悩みはなかったのぉ」

「そ、そんな大層な人間じゃないですよ僕は……あの……」

「ん？　なんだい？」

「お話って僕の進路のことですか？」

「いかにも、大事なことだからね」

きっぱり言い切られロイドは混乱してしまいます。

「えぇ？　一介の士官候補生の進路ですけど……それを大事ってご冗談を」

困惑するロイドに対し、王様は言おうか言うまいか悩んだ後、意を決して真相を伝えます。

「実はなロイド君、これは公にして欲しくない事なのだが……他言無用で頼むよ」

「は、はい。絶対口外しませんとも」

深刻な雰囲気を醸《かも》し出し始めた王様、ロイドはもう背筋を伸ばしすぎて硬直のレベルに達しています。

そんな彼を見て王様はフッと「本当にまじめだな」と口元に笑みを浮かべました。

「実はな……うちの娘が君のことを好きらしいのだ」

「はぁ…………………はひ⁉⁉」

お手本のような驚き方に王様は思わず苦笑してしまいます。

「うむ、素《す》っ頓狂《とんきょう》な声を上げて驚くのも無理はない。私も事実を知った時ひどく驚いたよ」

「娘さんってことは……その……」

「うん、王女。王女マリアじゃ」

あっけらかんと言われたロイドは最初冗談かと思い王様の顔を観察しましたが目が笑っていないどころか今にも泣きそうな雰囲気に気が付き冷や汗だらだらになってしまいました。さっきお風呂入ったばかりだというのにね。

「そ、そんな、えっと……それと僕の配属先を聞いたのはいったい……」

王様は笑いながらひげを撫《な》で答えます。

「そりゃ決まっているじゃろうロイド君。娘の想《おも》い人がしっかり将来を考えているのかどうか確認したかったのじゃ。もし王族と交際するならば進路は重要じゃろ」

場合によっては忖度《そんたく》することもやぶさかではない……と口こそ出しませんが暗にほのめかしているようなものですね。

まぁ等のロイド本人にしたら、ただでさえ悩んでいるところに外部から特大のプレッシャーをかけられたようなもので……しかも理由がこれまたロイドの苦手分野「恋愛沙汰《ざた》」。人づてに好意を伝えられ加えて相手が一国の王女となれば混乱するのも仕方がないというものです。

「えっとその……急に言われても……すいません！」

ベッドの上で正座して土下座まで始めるロイド。

王様は「落ち着きなさいな」と彼をなだめます。

「すぐに答えんでもよい。明日もあるというのに混乱させるようなことをしてしまってすまないね……一人の親として気になっていて、君がお城に泊まるこの機会しかないと思ったのでな」

王様はロイドの肩を優しく叩くと明日のことを激励します。

「まぁまずは明日だ、トラマドール邸宅の捜査を頑張ってくれたまえ」

「あ、ハイ」

「将来のことはそう焦《あせ》らずともゆっくり考えて返事をもらえると嬉しいぞ」

「あ、ハイ」

「では、ワシはそろそろ失礼する。娘の事はとりあえず今は覚えておくだけで構わないよ」

「あ、ハイ……お疲れさまでしたっ！」

「今は亡き王妃リーンも娘マリアの幸せを願っているだろう……ではまた明日」

独り言ちながら遠い目をする王様をロイドは全力で頭を下げお見送りしました。

急に偉い人がやって来た店長よろしく生きた心地のしなかったロイド、しかもとんでもない情報開示もあったのでどっと疲れた彼は緊張の糸が切れたのかフラリとベッドの上に倒れこみます。

「王女様が僕の事を……ていうか僕のことを好きって何でだろう、頼りない僕を……セレンさんのように冗談交じりじゃないだろうしなぁ」

セレンは泣いていいと思います。まぁあまりにもアクロバティックすぎるアプローチの数々なのでロイドの脳内では極自然に冗談の部類にカテゴライズしてしまっているみたいですね。

「少しは頼れるようになってきたのかな、栄軍祭も頑張ったし、サタンさんのおかげで実力もついたと思うし……それでもまだまだよなぁ……村のみんなや村長、ショウマ兄さんには到底追いつかない」

人間やめている集団を比較対象にしてしまっているロイドは未だに自分が強いとは思えずにいたのでした。でも頑《かたく》なに自分を弱いと思い込んでいた最初と比べたら一歩どころかだいぶ前進したと思いますよ。

ロイドは寝返りを打つとため息交じりでつぶやきます。

「王女様かぁ……いったいどんな人なんだろう……」

本人からではなく人づてで好意を伝えられるというのは相手の本気度合いが図れず色々と想像を掻き立ててしまうものがありますよね。様々な情報の波を体に浴びたロイドは枕に顔を埋《うず》めながら「うーんうーん」と唸《うな》ってしまいます。

マリーが王女だと一切知らない、気づきもしないロイドはまったくイメージのつかない王女様を想像し、やきもきしているのでした。

「っ！　ダメだダメだ！　まずは明日の捜査、そしてインターンに集中しないと！　でも王女様か……断ったら色々言われそうだよなぁ」

進路だけでなく恋という不慣れな課題をも押し付けられたロイド。その正体が現在一緒に住んでいるマリーだとは恐らく言っても信じないでしょうね。まぁ実際何度か言っても冗談として流されているのですが。セレンの好意と同じカテゴライズされているのは不憫《ふびん》としか言いようがありません。

悩むロイドはそのままベッドの上に横たわり意識を失ってしまったのでした。


そして夜が明け、日も昇った頃ロイドやセレンたちは大きな広間で遅めの朝食を摂《と》っていました。朝起きたらご飯が用意されているという状況に若干戸惑っているロイドは申し訳なさそうにカリっと香ばしい焼きたてトーストをかじっています。

「いやーうまいなぁ、お城の朝飯」

「あら、搾《しぼ》りたてのオレンジジュースですの、これはおかわりしませんと」

「……なぜかお腹《なか》がすいている……昨日の記憶がないけど……なんか運動したかな？」

一方全く遠慮していないのはリホたちです。まぁ彼女たちはマリーが王女だと知っていますからね、遠慮なんて皆無でしょう。

こんな感じで元気な三人娘は「知り合いの経営している豪華ホテル」感覚で高価な朝食を堪能しているのでした。

「そういえばミコナ先輩たちはもう出発しました？」

ロイドの質問を久々に実家で居心地の悪そうなマリーが答えます。

「もうとっくに出発しているわ。ものすごいテンションで「絶対手柄取ってきます！　ロイド・ベラドンナには負けません！」ってまくし立てていたわ……ロイド君、完全にロックオンされているわね、何で？」

小首を傾《かし》げているマリー、そこにリホが割って入ります。

「あーそれは気にしない方がいいぜマリーさん」

「リホさんの言う通りですわ、ねぇフィロさん」

「……相違ありません」

まさかミコナがマリーにぞっこんラブで一線を越えたがっているなんて事実を王様のいる前で言うわけにはいかないですよね。ご飯も変な味になっちゃいますし。

妙な雰囲気の中、昨日ほとんど気絶していたアランがリンゴをかじりながら今の状況をメナから確認していました。

「なるほど、俺が気絶している間にそんなことが……不肖アラン！　これまでの遅れを取り戻すよう粉骨砕身《ふんこつさいしん》の覚悟で頑張ります！」

「まぁ、トラマドール本人は捕まっているからほとんど消化試合なんだけどねー」

「メナさんひどい！　俺のやる気はどこに向けたらいいんですか⁉」

「あはは、愛に変換してレンゲ奥さんに向けなよ」

茶化《ちゃか》すメナをクロムが咎《とが》めます。

「その辺にしておけメナ。ま、ミコナがいるからよほどのことが無い限り大丈夫だろう」

傍らにいるコリンも同意します。

「せやなー、あとは呪いにどう対応するかやなー。なぁメルトファン、プロフェッショナルが今日来はるんやっけ？」

せっせと果物を食べやすいように切っているメルトファンは時計を見やり頷きます。

「うむ、もうそろそろいらっしゃると思うのだが……何せ気分屋の方なのでな」

「メルトファン元大佐……それってもしかして……」

マリーが「もしかして」とそのプロの正体に感付き始めたその瞬間です。

「大将、やっとるかの」

マリーのスカートの中からひょっこりと見慣れた幼女が顔を出しました。

「ぎゃあぁぁ！　このロリババア！　何つーところから出てくるんですか！」

「ほれ、いつもじゃったらクローゼットから飛び出すじゃろ。じゃから普通じゃアレかなーと思って下の階から床をすり抜けて……」

その奇行をマネージャーが如くメルトファンが代わりに謝ります。

「すいません、村長が「普通は芸がないのぉ」と言っていた時に気が付くべきでした」

ダイナミックサプライズ登場に腰を抜かしたマリーを見て満足気なアルカはロイドを見つけるとTPOなんぞどこ吹く風と言わんばかりにダイブします。

「ん～ロイドやぁぁ！　あーいたかったぞーい！」

行動パターンを把握されているアルカはセレンたちに颯爽《さっそう》とガードされます。熟練のSPな素晴らしい動きです。

「お触り厳禁ですわよ！　そしてここはアザミのお城！　TPOをわきまえなさいアルカさん！」

「昨日お前もハプニング云々《うんぬん》言っていたじゃねーか……」

二人とも捕まえた方がロイドのためじゃないかと、ここにいる大半が思ったという事実だけ付け足しておきますね。

フィロは颯爽とアルカを羽交い絞めにするとロイドから引き離しました。握手会のはがしが如くです。

「……はいはい、まずはお仕事してください……アルカ村長がお触りするのは……あっち」

フィロがアルカを誘導する方にはベルトで縛られたトラマドールが横たわっていました。

「何あのおっさん」

「……実は……かくかくしかじか」

「ラブラブロイドっと……はぁ、なるほどのぉ。そりゃ恐らく魔王じゃな、ディオニュソスっつーのと容姿も行動も当てはまるわい……そうそうヒョウの姿をしておったわい」

「デオニュソ……？」

聞きなれない単語を聞き返すマリー。

「さよう、まぁ平たく言えばお酒の魔王じゃ。この様子を見るにラストダンジョンから這《は》い出てきた奴をユーグが魔王の力を抽出しこのおっさんに憑依《ひょうい》させたんじゃろうて」

アルカは嘆息するとトラマドールの体を調べ始めました。そして体表に生えているブドウの葉を見やり軽くむしりました。

「特効薬的なのは、この葉っぱのエキスを抽出して培養《ばいよう》すれば薬はできるじゃろうて……それなりの数が必要じゃが……もっとないかのぉ」

トラマドールの体をまさぐり始めるアルカ。トラマドールはうなされています。

「やめろ……やめてくれ……ソウ、ショウマ……イブ様」

——イブ。

その名前を聞いたアルカは目の色が変わりました。

「イブ……じゃと？」

「イブって……プロフェン王国のイブ様ですか？　いったい何で……」

中央大国プロフェン。大陸の中央に位置する国で現在はアザミの同盟国の一つです。

その王様がイブ・プロフェン。ウサギの着ぐるみを着こんでいて、その正体は研究員時代のアルカの雇い主で新興国の大統領エヴァ——そう、アルカと因縁浅からぬ人物なのです。

その旧知の仲である彼女の名前がなぜかソウやショウマと一緒に出てきたことに驚きを隠せないようです。

「なぜソウたちの名前と一緒にイブ様の名前が……」

戸惑いを隠せないアルカ、そこにさらなる波紋が押し寄せます。


「た、大変や！」

駆け付けてきたのはロールです、ヒールを脱いで素足で必死になって駆け付けてきたようで普段すまし顔の彼女らしからぬ慌《あわ》てように一同顔を見合わせます。

「どうしたロール！　何事だ？」

肩でゼェハァ息をしている彼女は渡された水をひったくるように奪って飲むと口をグイっとぬぐい報告します。

「今朝《けさ》がた出発したミコナちゃん率いるトラマドール邸捜査の先発隊が……全滅したんや」

「「「全滅⁉」」」

ロールは頷くとトラマドール邸の異様な状況を説明します。

「ウチが率いて向かったトラマドール邸周辺がブドウのツタで覆われよって……まるで迷路、いや要塞のようになっとって……剣やナイフで切り裂いていこうとしたら急に変なガスを浴びせられて……」

「昨日のアルコールブレスと一緒か？　トラマドール本人がいなくても出せたのかよ」

リホが「マジか」と驚いていますがロールは残念そうに首を振ります。

「いや、もっとヤバそうなヤツやったわ……軽く浴びた学生は酔っ払った感じで倒れたようやけど浴び続けた学生は例の「荊の呪い」を発症しよったわ」

「荊の呪いだって⁉　アタシやセレン、フィロが浴びたやつでも相当きつかったのに……」

昨日のことをよく覚えていないフィロはきょとーんとしています。

「……私そんなの浴びたっけ？　記憶ない？」

「昨日でもあんなだったのにフィロさんが呪いなんか発症したら大問題ですわよ」

下手したら味方もろとも投げ技関節技の餌食《えじき》になるかもと思うとぞっとするセレンでした。

「なんとかミコナちゃんの力で倒れた全員を安全な場所に避難させたんやけど……」

ロールの後ろからミコナが疲弊《ひへい》した顔で現れ、追って負傷した候補生たちが続いてきます。

「ミコナ先輩、無事ですか」

駆け付ける一同。ミコナは険しい表情を見せました。

「ロイド・ベラドンナ……」

「大丈夫ですか？　お話はロールさんから伺いました」

「見てのとおりよ……見通しが甘かったわ」

ミコナは疲弊しているのか、いつもの調子はなくロイドを邪険にしません。

「嫌味《いやみ》の一つもないってことは深刻そうッスね先輩。状況を詳しく教えてもらえると助かるんですけど」

「ロールさんが伝えたでしょうけど。意気揚々《ようよう》と攻め込んだらアルコールのブレスってやつのせいで先に突っ込んでいった人間がどんどん酔っぱらったような症状に……そして例の呪いのように情緒不安定になって奇行を始めたのよ……ほんとしんどかったわ」

疲れた表情のミコナ、相当大変だったことがうかがえます。

ぐったりした同級生に肩を貸しながらメガネ女子先輩が補足しにやってきました。

「暴れ出した人はミコナの持つトレントの力で生命力を吸ってもらって沈静化したのよ……アレを見ればどんな状況か分かるわ」

メガネ女子先輩がメガネをクイクイしながら指さす先には半裸でぐったりしている軍人たちがいました。

「……酔っぱらって服を脱ぐタイプ……タチが悪い」

「物と人の間接を壊しまくるおめーが言うな」

フィロの感想に間髪入れずツッコむリホでした。

ミコナは嘆息交じりでロイドたちに視線を戻します。

「あなたたちのあんな姿見たくないわ、特にアラン……対策はしてきたのかしら?」

名指しで拒否られ涙目のアランをスルーしてメルトファンは頷きます。

「………ミコナや、少々待て」

涙目アランの傍らでアルカがいつになくシリアスな顔で採取したばかりのブドウの葉でなにやら薬を作り始めました。

小さな手のひらでなにやらルーン文字を施しながらブドウの葉を握ると、なんと虹色の雫《しずく》が滴り始めるではありませんか。

それを手近なコップに移すと水で希釈しました。

「ふむ、大体六人分といったところじゃの」

六つのコップに移し始めるアルカにロイドが不安そうな顔で尋ねます。

「村長、これは?」

「その毒とやらに耐性ができる飲み薬じゃ、これを飲めば一日はディオニュソスの毒に対抗することができるじゃろ。すでにかかった人間には解毒剤を作らねばならんがもちっと時間がかかりそうじゃの」

それをロイドに手渡すとアルカは申し訳なさそうにします。

「そして……すまんのロイドや。魔王相手ならワシの出番のはずなんじゃが、この毒はちと厄介じゃ。ワシ自ら解呪せんといかん。それに――」

「それに?」

ロイドの問いにアルカは神妙な顔で答えます。

「ちとこやつの頭の中を調べねばならんくなっての」

トラマドールを指さしながら謝るアルカに今度はマリーが尋ねます。

「調べるって、いったいどうしたんですか？」

「この騒動にソウやショウマ、ユーグが関わっているのは納得できる、ただプロフェン王国イブ様の名前が出たとなっては少々風向きが変わるでな」

イブとアルカの関係をよく知らない一同は動機に疑問が浮かびますが。

「すまんの」

真剣な表情の彼女を見て深く追及できずにいました。

「分かりました師匠」

「もしかしたら全くの無関係なのかもしれんが……記憶が鮮明なうちに脳内を調べたい。それが終わったら向かうでな」

再度頭を下げるアルカにロイドが彼女の肩を叩きました。

「大丈夫ですよ村長、僕が……いや、僕だけじゃない、セレンさんやリホさんにフィロさん、アランさんたち仲間がいれば何とかなります」

そして勢いよくコップの薬を飲み干すと朗《ほが》らかな笑顔を彼女に向けました。

その力強い言葉に目を丸くしたアルカですが……

「成長したのぉ……ロイドや……」

と、素直に感嘆《かんたん》の声を上げるのでした。

「村で一番弱い僕でしたけど、半人前くらいにはなれたと思います。みんなのおかげで」

元々強いけど周りが凄《すご》すぎるゆえに自信のなかったロイド。

しかし時を経て、仲間を得て、師匠を得て一回り大きくなったようです。

「成長し、心のありようが変わったようじゃの……大きくなったのうロイド」

いつもの抱きつくための方便とは違う心からの言葉にロイドもにっこりです。

「はい、毎日牛乳飲んでいますから……なんて冗談です」

冗談を言えるようになったロイドにアルカもにっこりしました。

「よっしゃ！　俺も行くぞ！　ロイド殿の力になるんだ！」

「……ん」

「ロイド様のそばに私がいなかったら始まりませんわよね」

「始まると思うぜぇ……ま、お前が羽目を外さないようお守りしてやるか」

ロイドに続けと薬を飲み干すアランたち。

「みなさん……」

そして残った一本は——

「私が行こう」

メルトファンが颯爽と手に取り薬を飲み干しました。

「メルトファンさん⁉」

「アザミの危機だ。罪滅ぼしという面もあるが、何よりブドウ農家が丹精込めて作ったブドウを使ったワインを悪用するなど許せんからな」

ほとばしるコンロンの農民魂。結局農業かとコリンは呆《あき》れてものも言えませんでした。

「あのアルカさんが作った薬、そして自ら治療してくれるなら安心ね」

アルカを信頼しているミコナは「それなら心配ないわね」と大きく頷きました。

「いつの間に村長と仲良くなったんですか」

「ソウルメイトってところかしら」

女性は共感する生き物……ではなく変態は通じ合うといったところですね。

ロイドの説明に即答するミコナ、あまりにハッキリ返答されたのでロイドはこれ以上深く追求したら駄目だと本能で察したのでした。

「とりあえず呪いの再発は防止できそうね、もうあんな乱痴気騒《らんちき》ぎみたいな惨状はごめんだわ……お酒飲めるようになっても飲み会なんて絶対断ってやる」

でもマリーが参加するならどんな用事があろうとも参加するだろうな……と内情を知っている面々は心の中でそう思ったそうです。

「もうちょっと放置してたら男同士で抱き合うとか燃えるシチュエーションがあったかもしれないのだけが悔やまれるわ」メガネクイー
メガネ女子先輩も余裕が戻ったのか冗談を言い始めました……冗談ですよね？

「全滅したことを悔いましょうよ」

ロイドのもっともなツッコミに「然《しか》り」と返す先輩でした。

「というわけで内部の事は全く分からないわ、癪《しゃく》だけどあなたたちに託すしかないようねロイド・ベラドンナ」

「はい、一年生筆頭として絶対に任務を遂行してみせます！」

ここ一番ではっきりと返事をするロイドにメガネ女子先輩が大仰《おおぎょう》に頷きました。

「仲間の命がかかっている時は全く迷いのない顔をする……最近の誰かとそっくりじゃないミコナ」メガネクイー
「……一緒にしないでくれるかしら」

「そうね、あなたは仲間の命というか身内が舐《な》められないためだもんね」メガネクイー
ミコナは恥ずかしそうにメガネ女子先輩から顔をそむけると誤魔化《ごまか》すようにロイドを叱咤《しった》激励するのでした。

「とにかくアザミ軍が舐められないよう全力で頑張りなさいロイド・ベラドンナ。あなた軍の威信を背負っているの。それだけは忘れないように」

彼女の言葉にロイドだけでなくセレンやリホたちも応《こた》えました。

「分かりました、後は僕たちに任せてください」

「ストーカー仲間としてバトンタッチされましたわ、ご安心下さいな」

「なんだそりゃ……まぁアタシらに任せて他の人を介抱していてくださいや先輩」

「……任せれ」

そして最後にメルトファンがミコナを見て大きく頷きました。

「私の知らないうちに成長したな、ミコナ・ゾルよ……あの尖《とが》っていたお前が後輩に叱咤激励するなんてな」

「ええ、成長ついでに羽を生やしたり木の根っこを操《あやつ》れるようになったりしましたけどね」

自虐的に笑うミコナを後にしてロイドたちは荊の要塞と化したトラマドールの屋敷へと向かうのでした。


アルカたちを残しアザミ王国から出発するロイド一行はメルトファンの走らせる馬車に揺られトラマドールの屋敷へと向かっていました。

舗装《ほそう》された広い街道を走る馬車。

ミコナたちが全滅したという一報を聞いたいつもの面々は神妙な面持《おもも》ちで――

「あぁミコナさんがやられてしまうなんて！　怖いですわロイド様」

「……ミートゥ」

――失敬、そんなわけありませんでしたね。

「ミコナ先輩をダシにロイド殿にしがみつくんじゃない。もっと緊張感を持て」

叱責するアランをリホがいじります。

「緊張してんのはお前くらいだぜ、例のアルコールブレスはアルカ村長の薬で万事オッケー、怖がんなよ。それにロイドがいるから大丈夫だろ」

心なしか余裕があるその理由はアルカからもらった解毒剤の存在でしょう。そして万が一ソウやショウマがいたとしても――ロイド大好きな二人なら直接的な危害は加えてこない、いつものように写真や映像を撮って悦に浸《ひた》って終了だろう……そんな肩透かしを何度も経験してきたリホは「どうせ今回もそんなオチだろう」と安心しきっていました。

「アハハ、リホさんプレッシャーかけないでくださいよ」

「おっと悪いなロイド、そんなつもりじゃなかったんだ。まぁアルカさんも時間がたったら来るだろうし気楽にいこうぜ」

馬車の背もたれにだらしなく寄っかかるリホの言葉に安心しきる一同。

しかし……まさか今回に限ってソウもショウマも本気で殺しにかかってきているとは夢にも思わなかったのでした。まぁリホの言う通り、悪役とはいえ日頃の言動がアレでしたからね。

しばらく馬車に揺られること小一時間。

青々としたブドウ畑の匂いがそよ風に乗って一同の鼻腔《びこう》をくすぐります。

「みんな、そろそろ目的地だ。この上り坂の先がトラマドール氏の屋敷だが……ぬぅ⁉」

馬車を走らせていたメルトファンが驚きの声を上げ、一同何事かと身を乗り出し道の先を眺めました。

その視線の先には……荊で覆われもはや要塞と化したトラマドールの屋敷が不穏な空気を纏い佇《たたず》んでいました。

「荊《いばら》……報告で聞いていましたが実物を見ると……」

「……ん……思った以上に禍々《まがまが》しい」

「掃除サボってもこうはいかないよなぁ」

「お化け屋敷みたいだな……あっちも得意じゃないんだよな俺」

「敷地内すべて、大きなお庭も荊に覆われて迷路みたいになっていますね」

馬車を降り、近寄る一同はその異様さに圧倒されます。

「近くで見るとさらに禍々しいなオイ、植物の迷路じゃねーか」

トラマドール邸の庭は庭師が丹念に整えた庭木などに荊とブドウのツタが絡《から》み合い、それらがアーチを作って一行を出迎えました。毒々しい植物によって形成された迷路のような通路はところどころでブドウのような果実が弾《はじ》け、例の毒ガスをまき散らしています。

「これがアルコールブレスってやつか、この場所でもむせるような匂いだぜ」

フルーティには程遠い、例えるなら芳香剤の原液をぶちまけられているような状況にアランは鼻をつまむ仕草《しぐさ》を見せます。

「アルカ村長の薬で無効化できていますがさすがにキツイですわね、香水には向かない香りですわ」

「……でもここを通るしかなさそう……屋敷は荊で覆われて空からの侵入も無理……そして」

フィロの指さす方。荊で形成された迷路は三方向に別れていました。

「分かれ道ですね、ここは人数を分けていくべきでしょう」

ロイドの指示に全員が頷きました。

「とりあえずロイド様と私のペアは確定として、あとは残りの皆様で適当に決めてくださいな」

「この緊急時にブレなさすぎだぜセレン嬢、じゃんけんすっぞコラ」

「……でも自分にもワンチャンあるじゃんけんに持ち込んだのは策士」

「はっ⁉　はぁ⁉　ちげーしそんなんじゃねーし！」

いつものノリの生徒たちにメルトファンは感慨深げな顔をしました。

「まったく大物ぞろいだ……アザミの農業は安泰だな」

あなたも大概ブレませんね。

という訳でのんきにじゃんけんでチーム分けをする一行。時にセレンがグーをパーと言い張るなど暴挙に出て若干場は荒れましたが結果は——

セレン&フィロ、リホ&メルトファン、ロイド&アランという比較的平和な組み分けになりましたとさ。

「まぁ無難だな、少なくとも事故は起きない」

「……犯罪を未然に防げた」

「あなたたち私を何だと思っているんですか」

セレンでしょうね、ストーカーでお馴染《なじ》みの。

とまぁ何とか無難に組み分けでき三方向に分かれた一同。

これが今生の別れに――はならないのですが、この先大波乱が待ち受けているなど知る由《よし》もないのでした。

「うーむ、見れば見るほど毒々しい色合いですなロイド殿」

さて別れた後のロイド&アランペアはゆっくり周囲を警戒しながら進軍していました。両者とも実力はあるのに根はビビりなので曲がり角一つ一つにしっかり確認し万全を喫しながら進んでいました。ビビり同士がお化け屋敷に入ったらこんな感じなんでしょうね。

「しかし地方貴族のお屋敷がこうなってしまうとは恐ろしいものですな。ウチも気を付けないと……まぁあの親父《おやじ》殿がそんな輩《やから》にかどわかされるとは思わないが」

実家を心配するアランですが一方でロイドはアランに何か言い出そうとしているようです。

何か思いつめた雰囲気のロイドに気が付いた彼はさり気なく聞いてみました。

「どうかされましたかロイド殿？　この迷路で何か不安ですかな」

「いえ、それもあるんですが……」

ロイドは躊躇《ためら》いがちにアランに質問しました。

「あの、このタイミングで聞くのもなんですが、ちょっと聞きたいことが」

「おぉ、構いませんよ！　何なりとどうぞ！」

「その……アランさんはアザミの王様とちょくちょくお会いしていますよね」

その問いにアランは苦笑いします。

「ええ、軍のホープとすっかり祭り上げられて王様や偉い人との会食が増えましたね。おかげで皮下脂肪がちょっと増えました」

「では、アザミの王女様にお会いしたことはありますか？」

意外な質問にアランは困り顔になりました。

「それが一度も……噂《うわさ》では失踪していた王女様は保護されたと聞きますが見かけたことはありませんな……王女様がどうかされましたか」

「えっと……」

一瞬口ごもるロイドですが意を決したのか真剣なまなざしでアランを見据えます。

「あのっ！　これは絶対内緒にして欲しいのですが！」

アランは胸をどんと張ります。

「ご安心下さい！　貝の口アランと呼ばれています！」

余談ですが貝類って酒振りかけて網の上で火にあぶると結構勢い良く口を開きますよね。

それはさておき、口固いアピールをするアランにロイドは王様から言われた話を打ち明けました。

「どうやらその……王女様が僕に……好意を抱いているみたいで」

恥ずかしそうに顔を赤らめるロイド。

そして彼の口から意外な話を聞けてアランは興奮気味です。

「なんと！　でも確かにロイド殿のような強い好青年ならば王女様が惚《ほ》れるのもおかしくありませんな！」

ロイドは「そうですかね、こんな僕に」と謙遜《けんそん》しながら頬を掻いていました。軍人として自信はついていても色恋沙汰はまだまだ自信がないようですね。

「会ったこともない人から人づてにこういう事を聞かされると……ちょっとどうしたらいいのか分からなくて……」

もじもじするロイドにアランは頷きました。

「なるほど確かにこのような話は男同士、つまり自分くらいにしか相談できませんな。そして羨《うらや》ましいですなぁ、そんな甘酸っぱい恋愛、俺もしたかった……」

ツーっと頬に一筋の涙を流すアラン、結婚前に甘酸っぱい恋愛とかしたかったんでしょう。

一言、贅沢《ぜいたく》言うなと言いたいですね。

涙するアランにロイドはまだもじもじしています。

「こんなまだ未熟の僕を……どんな人か気になってしまうんですよ」

「了解しましたロイド殿！　機会がありましたら、どんなお方か王様にさり気なく聞いておきますぞ！　しかし、いったいどんな女性なんでしょうなぁ」

「ありがとうございます！　正直進路で手いっぱいだし、まだマリーさんの家で厄介になっている身ですし……今僕がいなくなったらマリーさん大変だろうしなぁ」

そのマリーこそが王女だと思いもよらない二人はどんな人なんだろうと談義しながら荊の通路を前へ前へと進んでいくのでした。

――その通路が少しづつ動き、ある人物の元へ誘導しているなど気付かないまま……


そしてセレン&フィロとリホ&メルトファンサイドはというと――

「あら？」

「おや？」

歩いて早々、通路は繋《つな》がり二組は合流したのでした。

「早っ、肩透かしもいいところだぜ」

「どうせだったらロイド様のチームと合流したかったですわ」

「……師匠チーム、アラン抜きで」

ラーメンの注文のようなことを言い出すフィロにセレンとリホが笑います。

しかしメルトファンは軽口を叩くことなく、この合流を訝《いぶか》しんでいました。

「どうかしましたか？　メルトファン元大佐」

「妙だ……まるで通路が私たちが合流するように動いていた気がする……警戒した方が良いだろう……ぬぅ!?」

メルトファンが警戒を促したその矢先でした。

通路の陰からリホたちの前に見知った顔の青年が現れました。

「……ん？　……この人は」

「やあ、相変わらず元気そうだね君たちは、熱いね」

気さくな声音に人を食ったような態度と「熱い」という耳にタコができるくらい聞かされたフレーズ……セレンが驚きの声を上げました。

「ショウマさん!?　ロイド様のお兄様の!?」

メルトファンが皆の前に出ていつになく真剣な顔でショウマと対峙《たいじ》します。

「あぁ、忘れはしない。あの運び屋のような動きやすそうな服装にバンダナ。農業が嫌でコンロンの村を出て行った少年だ……この前私が農業の素晴らしさを解いたのだが、説得が足りなかったようだな」

「だから農業云々の部分を勝手に想像してんじゃねーよ！　相変わらずやりにくいなアザミの大佐さんは！」

勧めるぞ」

「元大佐で今は農業特別顧問だ。どうだ、改心するというのならアザミ軍の農業関連の仕事を勧めるぞ」

「ほんっとやりにくい！」

ツッコむショウマを目の当《ま》たり《あ》にしたセレンたちは「あのコンロンの異端児もメルトファンの前では形無しだな」と同情のまなざしを向けるのでした。

そんな空気など読まないメルトファン。当たり前のように服を脱ぎフンドシ姿になり両手に鎌とクワ——コンロンのアーティファクトである「アダマスの鎌」と「天命の書版を先端に括《くく》り付けたお手製クワ」を装備しました。

「さぁショウマ君、弟分であるロイド君は今進路で悩んでいる。兄貴分である君もこんな悪党まがいのことはせず自分の将来……農業と真剣に向かい合うべきだ」

「あのぉ！　将来が農業確定になってるんですけどあんたの頭の中で！」

声をからしツッコむショウマですが……スッと纏う空気を変えました。

その只者《ただもの》ならぬ雰囲気にセレンたちの背筋が凍ります。

「——ッ⁉　殺気か？　我が主セレンちゃん！　気を付けるんだ！　ご学友諸君も！」

たまらず防御態勢になる呪いのベルトことヴリトラは警戒を促しました。

眼前のショウマは額《ひたい》に手を当てなにやらブツブツとつぶやいています。

「進路とかふざけるな……俺はもうこの道を行くって決めたんだ……今まで利用しようとした

ふざけた連中の影を払拭《ふっしょく》するためにも……こんな茶番じみたやり取りも今日までだ」

　ただならぬ雰囲気にリホは後ずさってメルトファンに指示を仰ぎます。

「どうしますメルトファンの旦那？　あの人なんか今日めっちゃやる気ですよ。ロイドと合流を待った方がいいんじゃないですか？」

　しかしメルトファンは首を横に振りました。

「そうは言っていられなさそうだぞリホよ……この殺気、今日は逃がすつもりはなさそうだ」

　ショウマは口元だけを緩めると笑っていない目を向け彼の言葉に同意しました。

「あぁ、ロイドと合流はさせないよ。君たちはここで死ぬんだからね」

「……来る！」

　刹那《せつな》、ショウマの手のひらから衝撃波がほとばしります。

「ヴリトラさん！」

「承知！　ぬぅぅぅぅ！　全力ガードぉぉぉ！」

　シュルシュルとセレンの腰元から呪いのベルトは伸び、その場にいる全員を守れるほどの大きな円を形成しました。

　幾重にも重なる堅牢《けんろう》なベルトのガード。

　しかしショウマの繰り出す衝撃波の前に十秒程度しか持ちませんでした。

「私の全力が……すみません我が主、ご学友の皆様！　謝罪は後日書面で！　ぬわわ！」

「ヴリトラさん⁉　きゃあぁぁぁ！」

ヴリトラのガードが弾かれると共に一同は吹き飛ばされ、ブドウのツタで作られた迷路の垣根にしこたま体を打ち付けてしまいました。

「全力でガードするのは熱い展開だけど、苦しんで死ぬだけだよ！」

そんなショウマにリホは口の端を吊り上げ強気の姿勢で軽口を叩きます。

「いってぇ……どうしたんすか？　今日はいつになくやる気じゃないですか」

「悪いねリホちゃん、時間を稼ごうとしているんだろうけど今日は乗ってあげるわけにはいかないんだ……熱くなくてゴメンな」

「——本気かちくしょう」

本当にいつもと違うショウマに狼狽《うろた》えるリホ。そして彼女を庇《かば》うようにメルトファンがフンドシ一丁の姿で彼に飛びかかります。

「やらせはせん！　ゆくぞ！　トライディッショナル☆農業☆スタイル！」

フンドシの前掛けをたなびかせながらリホとショウマの間に割って入るメルトファンにショウマが苦笑します。

「あの御前試合の時の続きってわけか！　良いね熱いね！　俺も消化不良だったんだ！」

「そうだ！　農業は今熱いのだ！　若者よ！　大地を耕せ！」

「そこは熱くねーよ！　あんたのそのズレている感じイライラするんだよ！」

ショウマは憤りをぶつけるかのように地面を手のひらで叩きつけました。

隆起する大地。

メルトファンの装備したクワが震えます。

「ぬぅ！　クワが語り掛けてきた！　ヤバイ、ヤバすぎると！　みんな、足元注意だ！」

「「了解！」」

全員隆起した地面からダッシュで離れた瞬間、上空めがけて衝撃波が吹き荒れました。

「……あのまま動かなかったらと思うと……ゾッとする……」

間一髪の出来事にフィロはアゴ先に滴る汗をぬぐいました。

「本気で殺す気ってわけかショウマさんよ」

改めて問いただすリホ。

「もちろん」

ショウマはニコリともせず即答しました。

「ただまぁ苦しんで死んでほしくないからさ。大人しくして欲しいんだけど――」

「……………無茶《むちゃ》なお願い」

「だよね」

短い言葉と同時に今度はフィロがショウマに向かって飛び掛かります。

「………ハァァァァ！　セイ！」

フィロの手刀から繰り出される斬撃。

予想外の攻撃にショウマは目を丸くします。

「おお！　まさか素手で斬撃を飛ばせるなんて！　すっごい修行したのかな⁉　熱いね！」

驚きの声とは裏腹に、ショウマはその斬撃をいとも簡単に手で受け止めます。

「……なぁ！」

「いやあ凄いよ、手のひら薄皮剝《む》けちゃった」

手のひらからにじみ出る血をぺろりと舐めるショウマ。その目は眼光鋭い獣のような目でフィロはたじろいでしまいました。

「……化け物」

「そうだよ、僕もロイドも化け物さ。君らと住む世界が違うんだ……んーと、こうするのかな」

そしてショウマは見様見真似《みようみまね》でフィロの手刀から繰り出される斬撃を繰り出します。

「――ッ！　うわぁぁぁ！」

自分の習得した技を見ただけで真似《まね》られる、驚きのあまり一瞬動くのが遅れたフィロはその斬撃を避けきれませんでした。

「フィロ！　おいおい……こりゃマジでピンチじゃないか？　どうしてそんなにアタシらを殺そうとするんだよショウマさんよ」

「また時間稼ぎかい」

「それもあるけどよぉ、急に命狙ってくるなんざ理由が気になるだろう？　焦っている感じもあるしさぁ」

素直に質問するリホ、その上手《うま》く間を外した問いかけにショウマも構えた手を下げ答えます。

「……ロイドのためさ。そして君たちの死ぬ姿、死体をあの子に見せたくないんでね、」

「理由になってねーぞ、何でアタシらを殺すんだ？　いつもは明るい兄貴分のアンタがよ」

「――――」

「おしゃべりなアンタが口ごもる何ざよっぽどってことだな」

「すまないね、なるべく苦しまないよう、楽に殺してあげるからさ」

「あぁ分かったよ……素直にやられるわけにはいかないってことがな！　――ダイヤモンドダスト！」

ミスリルの義手により魔力が増幅されたリホ渾身《こんしん》のダイヤモンドダスト。

氷の礫《つぶて》がショウマの視界と動きを遮《さえぎ》ります……が。

「温《ぬる》いよ！」

真正面から衝撃波で氷の礫を吹き飛ばすショウマ。

リホも負けじと二発、三発と氷の礫を吹き荒らしますが衝撃波ですべて吹き飛ばされてしまいました。

「ゲゲッ！　コンロンの村人は規格外だって分かっているけどよぉ……こうも簡単に防がれる

とへこむぜ……でも！」

リホの合図と同時に飛び掛かるセレンとメルトファン。

連携攻撃にショウマは感嘆の声を上げました。

「相変わらず君は聡《さと》いね、自分に注意を引き付けるなんて」

「ヴリトラさん！　拘束！」

「御意！　そしてメルトファン殿！」

「心得た！　秘儀!!　稲穂狩りスラッシュ！」

ベルトによる拘束、そして「アダマスの鎌」と「天命の書版」のクワによる連続攻撃。

そして——先ほど吹き飛ばされたフィロもすぐさま戦線に復帰しました。

「……まだ！」

「そして君もタフだね」

「……私が死んだら……いや、私だけじゃない、セレンにリホ、誰が死んでも師匠は悲しむから！　だから私たちは殺されるわけにはいかない！」

言葉の終わりと同時にフィロは太陽に重なるくらい高く高く跳躍すると上空から斬撃の雨あられをショウマめがけて降り注《そそ》ぎます。

「なかなか幻想的な光景だ！　芸術点も高いしここまでやれる「普通の人間」は少ないよ！　熱いね！　………ハァァ！！！！」

気合い一閃《いっせん》、ショウマはベルトの拘束から力任せで抜け出すと全力で衝撃波を上空めがけて放ちすべての斬撃を吹き飛ばします。

「ヴリトラさんの拘束が⁉」

「……私の斬撃が⁉」

そして最後にメルトファンの攻撃を両手で防ぎました。

「アーティファクト二つでの攻撃は……さすがに堪《こた》えるね……だけど、扱っているのが普通の人間じゃあ宝の持ち腐れだぜ……」

「残念ながらアーティファクトは三つだ！　伸びよフンドシ！」

「ってちょっと待てぇぇぇ！　何で伸びるんだフンドシが！」

顔に血管を浮かび上がらせながらメルトファンの攻撃を防ぎきるショウマでしたが下半身から伸びだした赤いフンドシの前掛けにシリアスな表情はどこかに吹き飛び全力で距離を取ります。それはもう気味の悪い虫や汚物が眼前めがけて飛んできたかのようにです。

一旦《いったん》距離を取り直したメルトファンはいつもの仏頂面《ぶっちょうづら》で勝ち誇ったような態度を見せます。

「見たか我らの実力を！　これがアザミ軍の連携だ！　そして私が農家だ！」

「ちょっと待て特に最後！　フンドシ伸びることは絶対農家関係ないだろ！」

「……農家だけでなくアザミ軍も関係ありません……」

一緒にされたくないと切実に願うフィロでした。

「最後のは農家の特別サービスだ！　伸縮性布型情報端末！　スマートフンドシ！　略してスマフンだ！　作物の成長具合も記憶でき天候も気温も一目で確認、作物を簡単に管理できる優れたフンドシだぞ！」

「いらないよ、そんなサービス！　ていうか何スマフンって⁉　……あぁもう、調子狂うな君たちは！」

混乱を極めるショウマの隙《すき》に、メルトファンはセレンたちに指示を出します。

「お前たちは下がっていろ……やはり生半可な覚悟ではこの男は倒せん」

そしてショウマはというと悲しそうに佇んでいました。フンドシに巻き付かれそうになったため……もちょっとは有るかもしれませんが本心は別のところにあるようです。

「やっぱりマジにならないとダメみたいだな……苦しまないように殺したかったんだけど……やっぱりすごいよ君たちは……まいったな」

「参ったのなら悔い改めてさぁ私と農業をしようじゃないか」

「ほんっとに凄すぎるよね元大佐さん！」

その言葉と同時に、ショウマは先ほど以上の力を開放します。

ビリビリと空気が肌が、周囲を囲むブドウの壁が震えリホたちはその力の差に愕然《がくぜん》としました。

「お、オイ！　まだ本気出していなかったってのかよ！」

「……コンロンの村人で……師匠よりはるかに強い……」

「メルトファンさん！　ここはロイド様が来るまで逃げに徹するべきでは！　真正面から戦ったらひとたまりもありませんわよ！」

メルトファンは臆することなく指示を続けました。

「上官命令だ、セレンとリホ、フィロはここから速やかに退避、ロイド君もしくはアルカ村長が来るまで逃げ切るんだ」

「撤退っすか？　メルトファンの旦那は」

「彼の本気に対し、こちらも本気で応えるのが農家の筋だ！」

「ぶれないねぇ大佐さん！」

「あぁ、さっきまで君に迷いがあったようだからな……その隙をつけば勝てると踏んだがそうも言っていられなくなった……あと元大佐だ」

自分が本気でなかったことを見抜かれてしまった……心のどこかで殺したくなかったことを見抜かれたショウマは嘘《うそ》を言い当てられた子供のように舌打ちします。

「チェッ……やっぱ分かっていたのか……俺も心のどこかで殺したくないって気持ちがあったからね」

そして目を見開きメルトファンを睨みます。

「それもさっきまでさ！　さぁ、逃げた方がいいんじゃないか⁉　まさか勝てると思っていないよね」

メルトファンはなおも毅然《きぜん》とした態度です。

「思わんさ、そのくらい分かる」

「っ！　なら——」

「理由はシンプルだ。私はアザミ軍士官学校の教師で、この子らはその生徒だからだ……元が付くがな」

——いやぁ凄いよショウマ君！　学校一の天才！　何かあったら教師の僕の命を守ってね

「ざけんな！　んな教師！　いるわけねーだろうが！」

「いるぞ、ここにな」

鬼気迫る表情で否定するショウマ。

しかしメルトファンは毅然とした態度を崩しません。

「……君みたいに外面《そとづら》は笑っているが内心、反骨心に満ち溢れた生徒は何人か見たことがある。そんな跳ねっかえりの生徒には正面からぶつかるのが一番だということもよく知っている」

「はぁ⁉　アンタ！　言っててサムくないか⁉」

「毎日畑で採れた新鮮なショウガ蕩《とう》を飲んでいる！　このようなフンドシ姿でも寒くはな

い！　農家の体はポッカポカだぞ！」

「そっちの寒いじゃねーよ！」

ショウマのツッコみなど意に介さず、ポッカポカの言葉と同時にクワを振りかざし地面に突き立てたメルトファン。

そんなふざけた行為で先ほどの自分の攻撃と同様に大地に亀裂が走りショウマは姿勢を崩され怒ります。

「くそ！　何でそんな農具突き立てただけでこんなことできるんだよ！」

「さぁゆくぞアダマスの鎌よ！　稲刈り戦法！」

異様に腰を曲げ足元を鎌で狙うメルトファン。その仕草はまさに熟練農家の稲穂狩りが如く低い姿勢でした。

「ほんっとなんだよもう！」

必死で避けるショウマ。

メルトファンは腰を曲げながらセレンたちに逃げるよう促しました。

「さぁ！　私が戦っているうちに！」カサカサカサカサ
滑稽《こっけい》を通り越して恐怖ら感じるメルトファンの腰曲げ下段攻撃にショウマも味方であるセレンたちも若干引いています。

とはいえ腐ってもアーティファクトであるアダマスの鎌による攻撃。ヤバイと察したショウマは全力で身をひるがえしその攻撃をかわします。

「クソ！　こっちが本気になったってのにバカにしやがって！」

避けざまにショウマはメルトファンの腹部を蹴《け》り上げました。腰の入っていない一撃ですが
コンロンの村人の異常な身体能力から繰り出されるその攻撃は相手を吹き飛ばし……一般人な
ら戦意喪失するには十分すぎるであろう威力でした。

「ぐおぉぉぉ！」

「吹き飛べ変態！」

「ま、負けん！」

しかしメルトファンはクワを突き立て踏ん張ります。

口の端から血を流しながらもショウマに食らいつくメルトファン。

戦意喪失することなく炯々《けいけい》と光る眼でショウマをまっすぐ見やっていました。

そのメルトファンの眼に彼は得体の知れない脅威を感じたのか攻める手を止めてしまいま
した。

「っ⁉　まだやれるのか⁉」

「当然だ！」

気を吐くと同時にクワを振り下ろすメルトファン。

しかし身体能力の差なのでしょう、軽々避けられ、カウンターパンチをメルトファンは無防

備な顔面に食らってしまいました。

血煙が舞い上がり日の光に煌《きら》めきます。

これで終わりだろうと吐息を吐いたショウマでしたが……

「く、うおぉぉぉぉ！」

メルトファンは折れませんでした、鼻血を流し顔面を晴らしながらもクワや鎌を振り続けます。

「しつこい！」

「農業は！　根性！　そして粘り腰が大事だ！」

猛攻にとうとう嫌がるショウマは距離を取ろうと無茶な姿勢でバックステップ。

メルトファンは勝機ととらえクワと鎌を天に掲げました。

「勝機！　くらえ必殺！　アグリカルチャー☆タイフーン！」

右手に開墾の苦しみ、左手に収穫の喜び――農業戦士メルトファンの必殺技が大気を震わせ竜巻と化し、ショウマへを襲い掛かります。

しかし、その回転攻撃に対しショウマは全力で衝撃波を繰り出しました。

「悪いけどさぁ！　本気を出した俺とじゃ！　相手にならないんだよ！」

メルトファンもアーティファクトの力でショウマに肉薄する攻撃力を得ています。

しかし、持って生まれた耐久力……ショウマの攻撃を何発ももらい、アーティファクト二つを駆使した必殺技……彼の体は限界に近づいていました。

衝撃波に巻き込まれたメルトファンはそれを跳ね返す力なく地面に叩きつけられてしまったのでした。

「ぐぁ！」

「あんたが万全の状態だったら……俺を倒せたかもね……やっぱアーティファクト二つは「普通の人間」の手に余るよ」

そしてショウマはメルトファンが手を離したクワと鎌を蹴り飛ばすと地面に突っ伏すメルトファンに対してすごみます。

「さぁアンタにもう勝ち目はないぜ、教師らしく尻尾《しっぽ》撒《ま》いて逃げ出したらどうだ」

両手の武器を失ったメルトファン。

しかし彼は起き上がります生傷痛々しい体に鞭《むち》を打ち仁王《におう》のようにショウマの前に立ちふさがります。

その不屈の精神を見せられてショウマの顔が苦々しくなりました。しつこさだけでなく別の何か思うところがあるのでしょう、苛立《いらだ》ちを隠しきれません。

「教師らしく逃げろ……か。君は昔に嫌な出来事があったのか？」

「はぁ⁉」

大声で反応するショウマにメルトファンは眼光鋭く睨み付けました。

「生徒を見捨てるような人間は教師ではない！　そして子供たちを守れずして何が農家だ！」

「……ッ！　最後の言葉もムカつくよアンタ！」

削れるくらいギリリと歯ぎしりし、怒りを露《あら》わにしたショウマは固く固く拳《こぶし》を握りしめメルトファンを殴りつけようとしました。

その攻撃を――

「ヴリトラさん！　防御！」

「御意！」

――セレンの呪いのベルトが防ぎます。

「何！」

「セレン・ヘムアエン！　逃げろと言ったろう！」

その言葉に対しリホが答えます。

「ここでメルトファン元大佐を死なせちまったらコリン大佐に怒られちまうからなぁ」

「リホ・フラビンも……馬鹿者、逃げろと言っただろうに」

「……ん」

「フィロ・キノン……」

口元をほんのり吊り上げるフィロの表情でメルトファンは分かりました。「一人置いていくのはカッコ悪い」……と。

「そうか……痩せ枯れた大地をほっておくわけにはいかないという事か……誰が痩せ枯れた大地だ」

……伝わっていなかったようですね。ボケたつもりはないのにノリツッコミをされてフィロの微笑みはどこかへ行ってしまいます。

「……うーん、ところどころ訂正しなきゃならないのがめんどくさい」

一方でショウマは困惑しています……いえ、戸惑いや恐怖に似た何かが生じている模様です。

「何だよ……何だよ君たち……普通は見捨てて逃げるところだろう！」

彼の子供じみた持論にリホが若干呆れています。

「ショウマさんよぉ、何で見捨てて欲しがっているんだよ」

「決まっているじゃないか！　殺すって言ってるんだよ！　何戻ってきているんだよ！　死ぬんだよ！　お前らは強い者に媚《こ》びへつらって我が身大事さに逃げ出さなきゃいけないんだ！　そうじゃなきゃダメなんだ！」

「そうじゃなきゃダメって……オイオイ」

もはや駄々《だだ》っ子。ヒステリックさすら醸し出したショウマにリホは若干引いていますがセレンは意に介さず反論します。

「そんな逃げ出すような人間、私の……いえ、ロイド様の周りにはいませんわ！」

さらにギリリと奥の歯を軋《きし》ませ鬼の形相《ぎょうそう》になるショウマですが、気持ちを無理やり切り替え笑ってみせました。自棄《やけ》になった人間の笑顔です。

「まぁいいさ！　一人くらい目の前で死んだら！　嫌でも本性現すだろうよ！　今さら後悔しても遅いからな！　誰も助けが来ない絶望を味わってもらうよ！　普通の人間ども！」

ショウマは感情を剝き出しにして腕に力を込めました。彼の怒りや何かが漏れ出すように衝撃波がオーラのように渦巻きます。

触れただけで肉がこそぎ落ちてしまうほどの力の奔流、それを腕に纏いメルトファンたちの方へと向けました。

メルトファンは毅然とした態度を崩さず立ち向かう姿勢を見せました。

「普通ね……ここまでなぜ拗《こじ》らせたのかは分からんが、その普通の農民の底力を見せてやろうではないか！」

農民ではないと思います。

「のうみ……まぁいいや。でもよメルトファンの旦那、本気になったコンロンの村人様に対抗する策はあるのかよ」

「とりあえず全力だ！」

即答するメルトファンにフィロがツッコみます。

「……ノープランだ」

そこにセレンがドヤ顔で割り込んできました。

「何ができるか分からないけど何もしないのは間違っている！　私の未来の旦那様の名言ですわ！」

「後半は聞き捨てならねえが前半には同感だ！　刃向かってやろうぜ全力でよ！」

セレンの戯言《たわごと》にリホがツッコむ……いつものやり取りのアザミの面々。

ショウマはそれが気に入らないのか歯を剥き出しにします。

「あぁイライラするよ！　さぁ！　死んでくれ！」

「申し訳ないけど……それは見過ごせないなぁ」

どこからともなく響く声。

ショウマがハッとして地面を見やると、自分の足元の影が夕暮れ時のように伸びているのに気が付き本能で飛び退《の》きました。

「影⁉」

「これは——」

地面から伸びる影が以上に膨れ上がるとゆっくり人の形となり、そして見慣れた癖毛《くせげ》の貴族風な男が姿を現しました。

「——サタンさんか！」

サタンはたれ目で周囲を見回し状況を何となく把握しました。

「まったく、こんな状況とは思わなかったよメルトファン氏」

「どうしてここに？」

メルトファンの問いにサタンは「何を言っているんだ」と笑ってみせました。

「コンロンの村に今日帰る約束をしていたではないか。時間をきっかり守る君が来ないのをおかしく思ったのでな。そしてマリー氏に色々聞いたのだよ……さて」

サタンは纏った影で刃を形どりショウマを攻撃しました。

無数の黒い刃に襲われたショウマは衝撃波を打ちまくり何とか猛攻を凌《しの》ぎます。

「魔王風情が！　こんなもの簡単に防げるんだよ！」

「と言ってる君に忠告だ、足元をよく見たまえ」

ショウマが地面を見た瞬間足元からも影が伸びショウマの足首を掴み彼を宙へと投げ飛ばしました。

「クソ！　狡《ずる》い真似を！　弱い魔王の分際で！」

ショウマのセリフにサタンが呆れます。

「まったく、策士って言ってくれよ。それに弱さを知っているからこその立ち回りと言うものがあるだろう……君のよく知る人物も」

何とか体勢を立て直したショウマは片膝をつきながらサタンを睨みます。

「なかなか消耗しているようだねショウマ君とやら、それに焦りもあるようだ。そんな君に後れを取るわけにはいかないな……そら！　もう一丁！」

再び影を刃に形どりショウマを襲うサタン。

漆黒《しっこく》の凶刃を向けられたショウマはバク転や宙返りを駆使して華麗に回避すると、そのまま空へと舞い上がります。

「飛んだ⁉　村長も飛べたし、ロイド君も飛べるようになったし……さすがコンロンの村人というべきか」

メルトファンは空を見上げコンロンの村人の破天荒さに驚愕《きょうがく》を通り越して呆れていました。

そんな連中を宙に浮かびながら見下すショウマは気を吐きます。

「ハッ！　なかなか熱い攻撃だけどね！　その自慢の影はここまで伸びるかい⁉」

そしてショウマは空中から衝撃波をサタンへと乱発します。

「上から打たれると厄介だねその衝撃波！」

サタンは攻撃に回していた影を自分の周囲に戻すと円形のバリアを形成し始めメルトファンたちを包みます。

サタンの作り出した強固なバリアはショウマの衝撃波を防ぎきります。

その猛攻で地面から土埃《つちぼこり》が立ち込めます。その中で傷一つないバリアを見てショウマは「やるじゃないか！」と感嘆の声を上げました。

「ずいぶん硬いね！　でも！　このまま自慢の影を使えなければじり貧じゃないかな！　このまま夜まで打ち続けることだってできるんだぜ！　カッコイイ登場をした割にはこの程度かよ！」

その言葉に呼応するかのように、土煙の中で大きな獣の目が鋭く光りました。

「おいおい、俺が魔王だってことを忘れているんじゃないだろうな！」

「何を言って……ッ！」

土地煙から飛び上がる漆黒の翼をもつ大きな獅子《しし》……サタンの第二形態が眼前に迫りショウマは驚きの色を隠せません。

「第二形態⁉　失念していた！　魔王にはこれがあったか！」

「そうとも！　恨むなら俺をこんな姿にしたコーデリア所長を恨んでくれよ！」

「誰だよそれ！」

一気に空中戦の様相へと変わったショウマとサタンの戦い。

衝撃波を打つショウマの攻撃を華麗に身をひるがえし避けるサタンはその勢いのまま錐揉《きりも》みしながら体当たりをブチかまそうとします。

「く！　器用な！」

翼をもつサタンに対しショウマはどうやら空中戦は今一つのようです。攻撃に使っていた衝撃波を駆使して何とか避けてみせました。

下ではセレンたちが人外同士の戦いを見上げています。

「ロイド様の戦いを見てある程度耐性が付いていたと思っていましたが……」

「桁《けた》違いだよな……アルカ村長レベルまで行くと逆にマヒして何とも思えないんだけどさ」

「…………世界は広い」

フィロの肩を借りながらメルトファンは解説します。

「おそらくショウマ君は衝撃波を駆使して空を飛んでいるのだろう、ならば翼をもつサタンさんの第二形態が有利だ。そして攻撃するための衝撃波を回避に使っているのを見るに、もう決着はつくだろうな……しかし地上でやりあえば彼に分があるはずなのだが、何か意地になっている、そんな気がするが」

「そういや、さっきから良くも悪くもあの人らしくないテンパりっぷりだったな」

いったい何故かと考えるリホ。

「それは決着がついた後聞こうではないか」

メルトファンの推測は当たったようで、しばらくは持ちこたえていたショウマですがサタンの猛攻に耐えられなくなり、地面めがけて墜落しました。

突き刺さるように地面にめり込んだ後、必死にもがき体勢を立て直すショウマ。苦悶《くもん》の表情を浮かべながら起き上がりました。

ズズン……

獅子の姿のままショウマの前に降り立つサタン。大きなアギトを歪《ゆが》ませる表情からは余裕が見えます。

「意固地になって空中戦を挑んでいたように見えたが……降参するか？　ショウマ氏」

余裕ある態度のサタンにショウマも負けじと余裕のある態度で返します。

「しないよ」

ショウマは口元を吊り上げ笑ってみせると虚勢交じりで叫びます。

「楽しいじゃないか、やりがいがあって！　こんなワクワクする舞台から降りるなんて冷めることできるわけないじゃない――ゲッホ！　ウゲッホ！」

這《ほ》う這《ほ》うの体《てい》で立ち向かおうとするショウマ、誰が見ても限界でした。

「メルトファン氏と戦い消耗しきったところで第二形態の俺と分の悪い空中戦で戦ったんだ。状況が違えばいい戦いになったかもしれないだろうね……今回は大人しく負けを認めたらどうだい？」

「残念だけどさ！　もう色々動いちゃってるんだよ！　止めるわけにはいかないんだ！　ロイドのためにな！」

「それと君が意固地になる理由が分からないな、ロイド君のためだと？」

「あたりまえだろ！　ロイドが絶望しないためだ！　コンロンの村人にとって退屈極まりないこの世界を歯ごたえのあるモノにするんだ！」

「……歯ごたえって」

ぼそりとつぶやくフィロの一言にショウマは即座に反応します。

「俺は絶望したぞ！　歯ごたえの無さにな！　君だって感じたことはないか！　やる気満々で挑んだら拍子抜けしたことを！」

「……ん……まぁ」

フィロも武道家として自称腕自慢に挑んでは拍子抜けしたことが多々あり、その気持ちが分かるようです。

「分かるだろ！　俺の絶望を！　そしてロイドに同じ絶望を味わってほしくない！　その日から俺は軟弱なこの世界を変えてやる決心をしたんだ！」

ショウマは堰《せき》を切ったかのように熱く熱く語り続けます。

「そう、ロイドのおかげで！　目標を失った俺は生きる目的と希望ができた！　分かるか――」

自分がロイドと同じように村の外に出たが、自分の実力を自覚していたがため、他の人間との違いに絶望したこと、魔法も何もかもに差がありすぎて、ワクワクが失われてしまったことなどなど……

すべて聞き入れたメルトファンはコンロン村に住む一般人として応えます。

「君の気持ちは分かる、コンロンの村人なら一人でも時間を掛ければ世界を滅ぼす事だってできるだろう……しかし、それと我々を殺すとの関係性は……」

「アンタに俺の何が分かるんだ！」

メルトファンの疑問をかき消すようにショウマは怒気をはらんだ声を上げます。

「一番キツかったのはな！　他人の力を億面無く利用する人間！　努力を放棄して媚びへつらう人間！　さらに「あいつ一人に任せておけばもういいんじゃないか」って思考すら放棄して！　それも一人二人じゃない！　会う奴会う奴ほとんどがそれだ！　あいつらは虫だ！　本能のまま甘い汁を吸いにたかる人語を喋《しゃべ》る虫だ！」

鬼気迫る表情でメルトファンに肉薄するショウマは言葉を続けます。

「ロイドを同じ目に合わせるものか！　あの子は自信もなく、人一倍傷つきやすいんだ！　それでも前に進もうと努力しているのに！　人を信じられなくなったら終わりだ！」

あるものは甘い汁の吸いたさに、あるものは恐怖のため、あるものは媚び「凄い凄い」の連呼……ショウマは下心丸見えの連中を虫扱いします。想像を絶する不快な経験をしたのだと、言葉の端から匂わせながら当時の憤りをメルトファンたちにぶつけます。言葉を挟ませる余地もないくらい苛烈《かれつ》に。

「確かにロイドの友人を殺すのは心苦しい！　でもその先に待ち構えている裏切りや恐怖による絶望は避けられない！」

そして怒りや悲しみの綯《な》い交ぜになった血走った目でセレンたちを睨みました。

「お前らだってそうなんだろ！　口じゃ色々言っているけど結局はロイドの力目当て！　この

世界を左右できる力目当てで仲間気取っているんだろ、だから殺すんだ！　ロイドが悲しむ前に――」

「何バカなこと口走っているんですの？」

辛《つら》い経験をした兄貴分ゆえの行きすぎた過保護。

偏執的《へんしつてき》で凝り固まったショウマの考え方。

半ば狂人にも似た思考の持ち主に対し、ノータイムで反論したのはセレンでした。

「へぇ……ロイドに呪いを解いてもらったくせによくそんな事が言えるね」

ショウマは射殺すような視線でセレンを睨みます、普通の人間なら口ごもるか後ずさるであろう気迫、そして圧力……

しかしセレンは鼻で笑いました。

「フン、そんなの結果論にすぎません」

「はぁ？　結果論って……」

予想外の言葉に思わず間抜けな声音でショウマは聞き返します。

彼女は臆することなく……いいえ、むしろ嬉々《きき》としてロイドへの想いを語るのでした。

「いいですか、ロイド様は呪われたベルトで顔を醜く覆われていたおぞましい姿の私に優しく蔑《さげす》むことなく接してくれました。そのことがすべて！　あの日、私はロイド様の優しさに救われたのです！　あの人が強かろうが弱かろうが関係ありません！　私にとってベルトの呪いが解けたことはオマケにすぎませんわ！」

さっきまで鬼気迫る表情だったショウマが目を見開き驚き動揺します。

「おまっ……オマケだって⁉　コンロンの力がオマケ⁉」

たじろぐ彼に畳みかけるようにリホが会話に入ってきます。

「まぁアタシはバリバリ利用しようと思っていたけどな」

「だよね！　だよね！　普通はそうだよね！　利用しようとするよね！」

正直に話したリホにショウマが「だよね」を連呼します、よっぽど裏切って欲しかったのかとツッコみたくなる衝動に駆られた彼女ですが呆れた表情の後、頬を搔いて恥ずかしそうに言葉を続けます。

「でもよぉ、アイツ純粋すぎるっつーか、すぐ人を信じたりするだろ。アタシみたいな悪人でも。見てると危なっかしくてさぁ、結局利用するどころじゃなくなって今じゃマブダチみたいなもんさ……兄貴分のアンタなら分かるよな」

同意を求めるリホにショウマは返す言葉がありません。彼もロイドの優しさをよく知っているからです。

次いでフィロが一歩前に出ます。

「………私は最近気が付いた、師匠が強いのは身体能力だけじゃない。一番は自分が弱いと思っても諦《あきら》めない心の強さだって……あなたもそこに惹《ひ》かれているんじゃないの？」

「──ッ！」

予想だにしなかった言葉が返ってきたショウマ。

そんな彼の頭の中に憎むべき連中の姿がリフレインします。

しかし──そのどれとも該当しない彼女らの言葉に混乱し始めるのでした。

「彼女らが「本当の仲間」じゃないっていうなら何なんだいショウマ氏」

サタンの一言にショウマは逡巡《しゅんじゅん》します。

本当の仲間──

あの頃、コンロンの外に出て出会ったことのない存在──

記憶をひっくり返してもどこにも存在しないもの──

「ロイドの本当の仲間……そんなのが、コンロンの外でできたのか……メリットデメリットとか……そんなものを超えた間柄……」

当時の自分が心のどこかで渇望してやまなかったその「仲間」という概念、それを手に入れることができなかった事実を突き付けられたショウマ。

自分が欲しかったものをロイドが持っている……その喜びと自分が手に入れられなかった虚無感で、とうとうその場に座り込んでしまいました。

「そうか……ロイドは……手に入れていたんだ……羨ましいな……」

「ショウマ氏……」

「そして……悔しいなぁ……俺も、こんな仲間欲しかったよ」

生まれて初めて弟分に対し「羨ましい」と口にしたショウマ。

そっと一筋の涙が頬を伝うのを見て、殺されそうになったわだかまりなどとうに消え、その場にいる全員は何も言えなかったのでした。


ショウマがそっと涙を流すより少し前。

荊とツタの通路が動き誘導されていることに気が付かないロイドとアランは先へ先へと進んでいきます。

そして荊の通路が一気に開くと目の前に豪華な屋敷が飛び込んできました。

「ここは」

「この豪華さ、トラマドール氏の屋敷のようですな……こりゃ当たりを引きましたね」

ロイドは固唾《かたず》を飲み込むと意を決して歩を進めます。

「荊の通路を生み出している原因を取り除ければいいんですけど」

迷宮のような通路とガスの原因を取り除ければというロイドの提案にアランは頷きます。

「魔王の力を封印した何かがあるかもしれませんな……行きましょう！」

「ええ、マオーというモンスターは怖いですが……頑張ります」

アランは思いました、「魔王をモンスターの一種だと思っているロイドがいるなら大丈夫だろう」と。

しかし——その先には魔王を遥《はる》かに凌ぐであろう、そんな怪人が待ち構えているなど知る由もないのでした。

吹き抜けの階段を上り、一番大きな部屋へとたどり着いたロイドたちを待ち構えていたのは例の怪人ソウでした。

「待っていたよ」

待ちわびていたかのような言葉。

バルコニーに佇みながら背を向け、網状に覆われた荊の隙間《すきま》から外を眺めているソウ。どうやらここから通路を操作していたようですね。

逆光に目を細めながら声の主を凝視すると、それが件の怪人である事に気が付いた二人は驚愕します。

「て、てめぇは！　怪人ソウ！」

「いつかの……悪い人……」

ソウは口元に笑みをためながら振り返ります。

「うむ、悪い人だと覚えてもらえて嬉しいよロイド君……おや？」

アランがいることにソウは少々驚きました。

「ロイド君だけではなかったか……あぁ、ちょこまかしていたかな？　まぁ誤差の範囲だ」

どうやらメルトファンやセレンを警戒するあまりアランの事は失念していたようですね。

なかなかひどいことを言われたアランはさすがに腹を立てました。

「誤差ってなんだ！　俺だってそこそこ頑張っているんだぞ！」

そこそこって言っちゃうところが彼らしさがにじみ出ていますね。ソウもそれを察したのか悪人側なのに苦笑いをするほどです。

「失敬、そうだったな……まぁ大人しくしていなさい……私が消えるその時までね」

自分が消えることを前提で話しているソウの言葉にロイドたちはちんぷんかんぷんです。

ロイドはスルーすると質問を続けました。

「良く分かりませんが、この騒動、あなたが裏で糸を引いていたと考えていいんですね」

「もちろんだとも、そして君が私と本気で戦ってもらうために――」

ソウは悪役然とした表情で口の端を吊り上げつつ嘲笑《ちょうしょう》するような声音で非情なことを告げました。

「セレン君たちには死んでもらったよ、君たちと別れて早々にね」

ロイドを挑発するソウ。

しかし、その言葉にいち早く反応したのはアランでした。

「嘘つくんじゃねえコラ！　あいつらがそんな簡単にくたばってたまるか！」

怒りに体が反応し斧《おの》を構え飛び掛かったアラン。豪華なテーブルを踏み台にして脳天めがけて振り下ろそうとします。

しかしアラン渾身の攻撃をソウは避けるそぶりすら見せません。

「ふむ、残念だけどそんな攻撃は効かないのだよ、私は鉄より硬いからね」

「うるせぇ！」

ガインッ！

常人ならば頭蓋骨が砕け散ってしまうほどの攻撃がソウの額に命中しましたが金属音のような大きな音を立ててはじかれてしまうのでした。

「なにぃ⁉」

額に命中したのに傷一つついていないことと不可思議な手ごたえに思わず動揺してしまいます。

ソウはそんな隙だらけのアランの腕を無造作に掴みました。

「言ったろ、効かないってさ……そしてだね、この手のひらは特殊で掴まれた個所に激痛が走るのだよ」

背筋の凍るアラン。そして次の瞬間無造作に掴まれただけの腕に想像を絶する痛みが生じます。

「うがぁぁぁぁぁぁ！」

針で指したような、電気が流れたような、皮をめくられ塩を刷り込まれたかのような経験したことのない激痛にアランは張り裂けんばかりの絶叫をあげました。

そしてソウはアランに肉薄しそっと耳打ちをします。

「最後に、私に吐息を吹きかけられたら君は全身が弛緩《しかん》し動けなくなってしまうよ……ほら」

ふっ……と首筋に吐息を吹きかけたソウ。

「な、ぐぁ……」

アランは成すすべなく、そのまま絨毯《じゆうたん》の上に倒れこんでしまったのでした。

「あ……あぁ……」

ロイドは一方的にアランがやられた事、そしてセレンたちが殺されたという言葉に動揺し思考が追い付いていないようで立ち尽くすしかありません。

ソウは床に突っ伏したアランを壁際に運んであげると、一仕事したかのように息をつき、改めてロイドの方に向き直ります。

「さ、これで良し、君はそのままゆっくり我々の殺し合いを観戦していてくれたまえ。さぁロイド君、念願の殺し合いをしようじゃないか——」

「あ、アランさんがこんな簡単にやられるなんて……」

未だ動揺するロイドを落ち着かせるためか、ただ自分語りをしたいためなのか、戯れるようにソウは自分の能力について披露し始めました。

「あぁ、君には言っていなかったか。私はね、ルーン文字人間なんだよ。なんとなくそう思わせることで様々な力を現実のものにできるのさ。催眠術が本当になるようなものかな？　あまりにも荒唐無稽《こうとうむけい》なのは難しいがね」

そして自虐的に笑い始めます。

「便利ではあるが、おかげで私は死ねない体になってしまったのだよ……アルカのせいで……まぁいい、さぁロイド君、君の友人たちを殺したこの私が憎いだろう、全力で殺しに来たまえ、私も全力で――」

「――騙《だま》されませんよ」

「うん？　どした？」

セリフの途中で力強く否定したロイド。意外な言葉にソウは思わず聞き返します。

ロイドはというと、真剣なまなざしでソウを睨んでいました。

「アランさんの言う通り、絶対に死んでなんかいません！　セレンさんもリホさんもフィロさんもメルトファンさんも！　そんな簡単に死ぬわけありませんから！　もう動揺しません！」

構える姿勢を見せるロイドにソウも楽しそうに拳を構えます。

「何はともあれ、やる気になってくれれば嬉しいよ」

「アザミ軍の人間として！　「荊の呪い」の首謀者である貴方を倒します！」

その言葉を待っていたと瞳孔《どうこう》が開くソウ、ゴキゴキと首を鳴らしやる気十分といったところです。

「やっと消えることができるのか私は……申し訳ない、ショウマよ」

泣き笑いのような複雑な表情を浮かべるソウ。色々な思い、特にショウマを裏切ってしまうことが彼なりに辛いのでしょう。

彼の行動原理を知らないロイドは言葉の意味が良く分からず「また動揺させるため」だと深く考えることをやめました。

「言っていることは良く分かりませんが！　あなたの事を見過ごすわけにはいきません！　アザミ軍士官学校一年生筆頭！　ロイド・ベラドンナ！　いきます！」

「来たまえ、古い古い英雄ソウが君と最後の時間を戯れよう」

豪華な内装のトラマドール邸の大広間。

全力で距離を詰めたロイドの動きに机も、椅子も、装飾品も暴風にさらされたかのように吹き飛びます。

突風のように駆け、ソウとの距離を食いつぶしたロイド。

彼は手加減することなく全身全霊の力を拳に込めてソウめがけて振りぬきました。

ソウはそれを避けることもなく食らいます。

踏ん張ることさえせず、彼はそのまま吹き飛びバルコニーの下へと投げ出されました。

「まだです！」

ロイドは攻撃の手を緩めることなくリングアウトした相手に追撃するプロレスラーが如くバルコニーから跳躍しソウを踏みつけました。

鉄骨か何かが落下したかのような音を立て、地面にひびが入るバルコニー下の拓《ひら》けた庭先。ロイドの全力の攻撃をもろに受けたソウは上半身と下半身が分かれ千切《ちぎ》れ飛んでしまいます。

「って！　うわぁぁ！」

あまりにもスプラッターな出来事に攻撃を仕掛けたロイドの方が動揺してしまいました。アランの攻撃にノーダメージだったことを鑑みて攻撃したらこの有様ですから。

ドシャっと体が真っ二つになるR18な光景。

しかし、一切血は流れておりません。粘土か何かが千切れたような様相でした。

そして、B級ホラー映画のように千切れたソウの上半身は何事もなかったかのように喋り始めました。

「ふーむさすがだね。コンロンの村人なだけある……おっと元に戻らないと」

ちょっと躓《つまず》いたかのような物言いのソウ。そしてモデルのように堂々と歩み寄ってくる下半身……ロイドは目を丸くします。

「え？　え？」

「言ったろう、私はルーン文字人間……概念のような存在だ」

靴を履くように下半身と合体したソウはパンパンと土埃を払い元通りになりました。

「力量を図るためわざと受けてみたが……やはりコンロンの村人とはいえ、私に傷をつけるほどではなかったか……アルカほどの実力がないと……」

「え……えっと、何で体が……」

「ん？　あぁ、知っているだろう古代ルーン文字の万能的な力、それで人間作ったらこの有様だよ、生み出された側にもなってほしいねまったく」

「いえ、知りませんけど……」

「あ……うん」

普段掃除とかに古代ルーン文字を使っているくせに、そのすごさをあまり理解していないロイドにソウは戦いの最中だというのに呆れます。

「まったくアルカめ……相変わらず説明が足りないか多すぎるかだな……自分の脳内で処理したら一言もなく勝手をする厄介な研究員だとユーグが言っていた通りだ」

「さっきからアルカ村長のことを何度も仰《おつしや》っていますが……いったいどんな関係なんですか」

その問いにソウは苦々しく答えます。

「親子みたいなものさ、アレが母親で私が子供かな」

「親子⁉」

いきなりのカミングアウトにロイドは混乱してしまいます。どっちかといえば見た目的に親子逆ですからね。

「みたいな関係だ。アルカがこの世界を救うために古代ルーン文字で生み出した英雄的存在。実験的に試したら幸か不幸か成功してしまったようで、私は世界を救うまでの仮初《かりそ》めの命を手に入れてしまったのだ……ラストダンジョンから溢れ出す魔王を倒す決戦的存在」

ソウは饒舌《じょうぜつ》に自分語りを始めます。

「まったく道具扱いしてくれればよかったものの、アルカの奴、情が湧《わ》いてしまったのだろう……世界各地の文献や遺跡やらに描いた英雄物語に明確に「死ぬ」という言葉を避けてしまった……おかげで中途半端《はんぱ》に消えることなく彷徨《さまよ》うはめになった……」

半ば陶酔《とうすい》したような自分語り。彼としては念願の消滅一歩手前なので高揚《こうよう》するのも無理からぬものはあります。

ただ事情を知らないロイドはそれを一刀両断するのでした。

「よく分かりませんが……小説の読みすぎじゃないでしょか」

「ふふ、同情することはないぞロイドく……え？　小説？」

渾身の自分語りがまさかの小説に自己投影しすぎたおっさん扱い。さすがのソウも肩を落としてしまいました。

「多分、アレですよね、僕の好きな小説にあなたと同じ名前で「ソウ」っていう主人公がいるんですが……それに自己投影しちゃったんですよね、僕も一緒です」

「え、あ、いや……本人なんだが」

「とにかく、こんなことやめてください！　彼は一生懸命で自分の命を賭《と》してでも悪と戦いながら世界を救い最後は皆の心に残ったまま姿を消した最高の軍人なんです！　死を描かれていない彼は今でもこの世界のどこかで頑張っているはずです！　僕は子供の頃から信じています」

そこまで聞いたソウは大きな声で笑います。

「フッ……ハッハッハ！　君はやはり英雄ソウに生きていてほしいと心の底から願っているのだね！　本当に残念だ！」

「あ、はい……こ、子供っぽいからって笑わないでください！」

「アッハッハ……いやそういう訳ではないのだが……なるほどなるほど」

恥ずかしがるロイドを前にソウは大納得といった表情で頷きました。

「いやぁ、困ったな。やはり君が強く強くつよーく願い続ける限り私は完全に消滅することはできなさそうだ。コンロンの村人という規格外の魔力を持つ人間にこうも願われ続けてはなぁ」

「どういう意味ですか」

ロイドの問いに答えることなくソウは自分で納得すると先ほどの比ではない殺意を視線に込めました。

「やはりロイド君、君を殺すしかないようだ」

「村長との関係とか、色々よく分からないことがたくさんありますが……何かにやけになってこんなことをするのは間違っています！　今ならまだやり直せると思いますから、大人しく投降してください！」

「君はいい子だな。だがそれはできん」

「なら、力づくでも！」

一気に駆けるロイド。

土埃が舞うほどの俊敏な動きをソウは迎え撃ちます。

「残念だけど私にその攻撃は効かない、むしろ殴った君の方が悶絶《もんぜつ》するほどの痛みが拳に生じるぞ」

ガインッ！　とアランが攻撃した時のような不可思議な金属音。そして痛みに悶《もだ》えたのは殴った方のロイドでした。

「うっ……つっ……さっきはこんなことにはならなかったのにどうして？」

「さっきも言ったろう、ルーン文字人間だとね、そう思わせたからだよ」

そして先ほどのアランの時と同様にロイドを摑もうとするソウ。

「さて、この腕に捕まると――」

「っ！　させません！　エアロっ！」

悪寒の走ったロイドは痛みを堪えながらエアロを駆使して空を飛びました。

「ほう、さすがだ。しかしそこからどうするのかな」

痛みを堪え奮闘するロイドに感心するソウ。

ロイドは接近戦ではなく空中からの遠距離攻撃に切り替えました。

「触れられなければ問題ありません！　ここからエアロで狙い撃ちます」

「そうとも限らんのだよ、君のエアロは私の手のひらではじき返されてしまうのだから」

直後、淡く光るソウの手のひら。

そしてロイドの放ったエアロは勢いそのままにはじき返されてしまいました。

「うわぁ！」

自らの放った突風に襲われホバリング中だったロイドは制御を失い地面へと墜落してしまいます。

「驚くのも無理はない。時間をかければこの世の理すらも無軌道に変えることすらできてしまう力なのだから……この技術を開発した人間はよほど業が深かったのだろうな。ま、私も被害者の一人だがね」

毒づいたソウはゆっくりとロイドの落ちた場所に歩み寄ります。

「さて、心が痛むが続きをしようか。この足に蹴られたら全身に激痛が走るよ」

躊躇《ちゆうちよ》するそぶりを一瞬見せた後ロイドを蹴り上げるソウ。

「あぁぁぁ！」

ロイドは絶叫しながら跳ね上がり泥だらけになりながら地面を転がります。

心なしかソウの顔が曇りますが攻める手を止めません。

「次は指先だ、触れただけで全身に刃物が刺さったような痛みが生じるぞ」

触れる指先、トラマドールの庭園に響き渡るロイドの絶叫。

しかし叫びながらもロイドは諦めようとはしませんでした。

「ま、負けません！　僕は！」

ソウは可哀想《かわいそう》なものを見るような目で頰を搔いていました。

「君の諦めない気持ちが疎ましく思う日が来るとは悲しいな……残念だがひと思いに殺すことにしよう」

ソウは再度指先をロイドに見せるように構えるとルーン文字の技術を施し始めました。

「この指先はとても鋭く、突き刺されたら絶命してしまうほどの毒を持つ強靭《きょうじん》な指だ。たとえコンロンの村人であろうと即死は免れることはないだろう……」

この世から消えることができる、ロイドを殺してしまう、そんな万感の思いを込めた指先が紫色の毒々しい色合いを醸し出し始めました。

「――――ッ！　く！」

「さようならだロイド君、そしてアルカ」

猛毒を帯びたソウの指先がロイドに突き立てられんとする次の瞬間でした。

「待てやぁぁぁぁ！」

バルコニーの上からアランが飛び掛かり間一髪のところでソウの手首を切り落としました。

「おや、動けるようになったのか」

危機感のない飄々《ひょうひょう》とした雰囲気で驚いてみせたソウ。

アランは必死の形相を見せます。

「ロイド殿の絶叫が聞こえたからな！　師匠の、仲間の叫び声が聞こえて黙って寝ていられるかよ！」

何度か戦斧《せんぷ》を振り回してから、アランはロイドに呼びかけます。

「ロイド殿！　いったん体勢を立て直してください！　俺が少しでも時間を稼ぎますから！　セレンやメルトファン元大佐と合流してください！」

「あ、アランさん！」

ソウは表情を変えることなく手首を拾いくっつけた後、淡々とアランを排除しようとします。

「悪あがきか……君みたいな人間に私は止められんよ……さっきも言ったろう、君の攻撃じゃ私の体に傷一つ――」

「付けられなくったっていいんだよ！　こいつは時間稼ぎだコラぁ！」

聞く耳持たず闇雲《やみくも》に振り回し始めるアランをソウは嫌がりました。

「しまったな、傷一つ付けられなくてもいいなんて開き直られてしまったら古代ルーン文字の力は半減してしまう。別のルーン文字を施さないと」

関心と面倒くささを綯い交ぜにしたような表情でアランを睨みます。

彼はルーン文字の効果を変えようとアランに話しかけます。

「だがアラン君、その攻撃は無意味だ、振り回すたびに君の腕は重く――」

「うるっせぇ！」

聞く耳持たないアランはソウの言葉を遮るように連打連打連打の嵐《あらし》です。

「っ、この……人の話を……」

ついに苦悶の表情を浮かべ始めたソウは能力を使うことを諦め、攻撃の隙を縫いアランを素の腕力だけで殴りつけます。

「ぐは！　なんのぉ！」

「やはりルーン文字で何かを付加しないと……頑丈さは認めるよ少年」

ソウは小さくつぶやくと……なんと臆面もなく背を向け全力で距離を取りました。

余裕綽々《よゆうしゃくしゃく》の態度から一転、逃げ出したソウを見てロイドが感嘆の声を上げます。

「すごい！　アランさんの攻撃があの人に打ち勝った！」

「いやぁ！　ロイド殿の日頃のご指導のおかげです！」

「僕そんなご指導なんて」

「いえ！　諦めない姿勢を見せてくれているではないですか！」

ソウはある程度距離を取ると、そんな二人の方を向き直ります。

「盛り上がっているところ悪いが……厳密には打ち勝ったというわけではないよ」

「ロイド殿！　あの男やせ我慢を言い始めましたぞ！　もしかしたら勝機かもしれません！」

「すごいですアランさん！」

「……やれやれ、やっぱ人の話を聞かない奴は嫌いだね、アイツを思い出す」

盛り上がる二人に呆れながら、ソウは十分な距離をとってから再びルーン文字を施し始めます。

「さぁ！　一番弟子のアラン・トイン・リドカインが貴様を成敗してくれる！」

意気揚々と仕掛けるアランにソウは淡々と言い放ちます。

「残念だけど、そこは今さっき落とし穴になったのだよ」

「へ？　おわぁぁぁぁぁ!?」

古代ルーン文字を施す隙を与えてしまったアランは彼の言葉を聞いた瞬間、体が地面に沈んでしまいました。

地面に首まで埋まり暑苦しい顔と斧だけがむなしく地面に取り残されました。

「あ、アランさん！」

「ろ、ロイド殿！　ごぁ！」

すぐさまソウはアランの顔面をぶん殴り、アランは鼻血を出して気絶してしまうのでした。

「今まで戦った中である意味強敵だったよ君は。アルカといい、人の話を聞かない輩が一番手ごわい……」

一息つくとソウはロイドの方に向き直りました。

「さて、続きをしようか」

「………………」

一転してシリアスムード、ロイドは無言を返します。

「どうした？　恐怖で言葉も失ってしまったかな？」

ロイドは静かに首を横に振りました。

「いえ、思い出したんです、僕はできない人間だって」

「このタイミングで自虐かな？　しかしそんなことはないぞ、君は優秀だ……この私の心を摑むくらいだからな、戦いだけじゃない、性格も……料理に掃除、他にも――」

その言葉を遮るように、ロイドはキッとソウを睨みます。

「でも！　アランさんのおかげで思い出したんです！　僕の一番は！　料理でも掃除でも他の何でもない！　何ができるか分からなくても！　ガムシャラに前に進むことだって！」

ロイドの醸し出す気迫にソウは初めて気圧《けお》されました。

「空気が変わったかな……ちょっと前なら喜んでいたが……殺そうと思った矢先にこれはやっかいだね」

ただならぬ雰囲気にソウは両腕を上げて構え始めました。

それは今まで見せたことのない……まるでボクサーのようなフォーム。歴戦の武道家を思わせる動きでした。

すると、彼がそれっぽい動きをし始めた途端、体つきも足さばきもドンドンと一流の武道家に近づいていくではありませんか。どういうことでしょう？

「ルーン文字人間にはこういうこともできる。さぁこの拳を撃ち込まれたら君は今一度苦痛に悶える、立ち上がれないくらいの激痛だよ」

ルーン文字を施し直したソウの拳が淡く光ります。

そして、コンロンの村人に勝るとも劣らないスピードでロイドの顔面に右ストレートをぶち込みます。

グシャ！　っという鼻がつぶれたような音。しかし――

ロイドは顔面でその拳を受け止め、涙目になりながらソウを睨みつけています。激痛に悶える仕草は見せませんでした。

「――何で？」

激痛で叫び悶えるはずだと思っていたソウは、そんなそぶりを見せないロイドに思わず問いかけてしまいました。

ロイドは涙目になりながらも毅然とした態度で答えます。

「きっ！　効きません！」

「効かないって……私のルーン文字はちゃんと施されたし、それに身体能力をコンロンの村人まで高めた私の攻撃だよ、絶対に痛いだろう？」

「痛いです！　激痛です！　でも……」

「でも？」

「倒れるわけにはいかないんです！」

そして腹を殴り返すロイド。呆気《あっけ》に取られていたソウは不意打ち同然に攻撃を食らってしまい悶絶してしまいました。

「おぼっ！　え？　え？　ダメージが……私に!?」

自分のルーン文字攻撃が効かなかったこととダメージが自分に通ったことにソウはお腹を押さえながら動揺しています。

一方ロイドは「つぅぅ……」と痛みに堪えながら端にたまった涙をぬぐい、鼻をゴシゴシこすっていました。

「うう痛い……そうだ、こういう時は……痛いの痛いの飛んでいけ！　あ、よくなってきた。ショウマ兄ちゃんのおまじない案外効くんだなぁ」

「私のルーン文字だぞ!?　筋力増加したパンチだよ!?」

「もちろん！　やせ我慢です！」

「やっぱ効いているじゃないか！　ていうか何やせ我慢って⁉」

先ほどまで無双を誇っていた自分のルーン文字攻撃が「やせ我慢」の一言で耐えたと言い切られソウは愕然とします。

「でも、このおまじないをやったら泣かないって！　子供の頃からの約束なんです！」

「そ、そんなおまじないで⁉　やせ我慢で私のルーン文字攻撃を耐える――っ⁉」

そこまで言ったソウは何かに気が付いたのか自分の言葉を飲み込みました。

「何となくそう思わせる古代ルーン文字の力……しかしそう思わなければ……いや、思ったとしてもそれを上回る目的意識があれば……跳ね返すことができるというのか」

何となくそう思わせてその効果を現実の力にできるソウの特殊能力。

しかしアランのように聞く耳を待たなかったり、イメージを上回る意志の強さがあれば、やせ我慢でも、昔からの思い込みなどがあれば克服ができる――

「理論上は可能だが……この少年は耐えきれるというのか！　私の力を！　そんな馬鹿な！」

ソウは認めたくないのか先ほど見せた指先に毒を纏うルーン文字を施します。

「この強靭な指先は先ほど言った通り一瞬で死ねるような毒が染《し》み出している！　一突きで君は死ぬぞ！」

増強した身体能力を駆使し再度ロイドに攻撃を仕掛けるソウ。

「終わりだ！」

ロイドの腹部に突き立てられるソウの指先……しかしロイドは語気を荒らげ、突き立てられたその指を手ではじき返しました。

「効きません！　そんな毒！　だって——牛乳毎日飲んでいますから！」

「ぎゅ、牛乳⁉　っごばぁ！」

「そうです！　牛乳飲んで毎日ぐっすり眠っているから健康だねってマリーさんが言ってくれました！　だからそんなへんぴな毒なんて効きません！」

まさかの論破に唖然茫然《あぜんぼうぜん》するソウの顔面にロイドのカウンターがクリーンヒットします。

顔面を押さえながらソウは「いやいや！」と認めたくない様子です。

「いや……いやいやいや！　そんな馬鹿な！　牛乳飲んだから大丈夫なんてそんな馬鹿な思い込みを——あ」

そこでソウはようやく思い出しました、ロイドの異常な境遇を。

コンロンという村人すべてが規格外の村で最弱がゆえ、自分を弱いと思い込み、アザミ王国で自分とのギャップを「空を飛ばないのは都会の人だから」とか「走った方が早いのに馬車に乗るのは都会だから」……モンスターを動物や虫と勘違い、あげく魔王をモンスターと思い込んでいる……

そうです、思い込むということに関してはロイドは他の追随を許さない存在——

聞く耳を持たないアラン以上にソウの天敵と言える存在だったのです。

「そうか……モンスターを動物と思うくらいだ……牛乳飲んで毒が効かないとか、痛いの痛いの飛んでいけで本当に鎮痛効果があるとか……思い込んでもおかしくない！　私のルーン文字が効かないのか⁉」

「そしてアランさんも諦めずに攻撃したらあなたに打ち勝てたんです！　僕も諦めず攻撃すれば必ず通じるはずです！」

狼狽えるソウにロイドが追撃します。先ほどのように体は真っ二つになることはなく確実にソウにダメージが与えられていました。

「そして思い込みの力で攻撃も効くようになっているのか！　アルカぐらいしかダメージを与えられなかったこの体に⁉　さっきの茶番のせいで⁉　……だが！」

ソウは距離をとると今度は魔法を唱える仕草を見せました。

「君のエアロを凌駕《りょうが》するハイ・エアロだ。この技を受けたらひとたまりもない、君の体はバラバラになってしまうだろう！」

魔術師然としたソウの仕草、瞬く間に彼の周りを魔力の揺らぎが生じ始めました。

しかしロイドはひるみません。

「なら！　僕は必殺のテンペスト・クロークで迎え撃ちます！」

「え？　何その技？　知らないんだけど！」

「アスコルビン自治領でサタンさんに教わりました！　僕の必殺技です！　この技が決まれば

負けることはないってサタンさんが言っていました！　だから、この技で僕は勝ちます！」

宙に浮かびながら全身に風の力を纏い始めるロイド。その勢いにソウの体も浮き始めてしまいます。

「なんという力……しかしサタンか……なるほど、センスのないネーミングだ」

「それにエアロは！　コリン大佐が僕の特技だって褒《ほ》めてくれた魔法！　初めて唱えられた魔法！　負けるわけにはいかないんです！　そして――」

ロイドは今まであった人への感謝、褒められたこと、すべてを糧にして怪人ソウにぶつけます。

「セレンさんが言ってくれました諦めないところが良いところだって！　リホさんが言ってくれました根性あるのが僕らしいって！　フィロさんはがむしゃらなところを見習いたいって言ってくれました！　アランさんはつたない僕の言葉で救われたって！　メナさんからは兄弟愛を教わりました！　クロム教官が僕は一人じゃないって教えてくれました！　メルトファン元大佐からは農業愛を！　王様にも好青年だともったいない言葉を頂きました！　コバさんからは正規の従業員にしたいくらいだって言ってもらえて嬉しかったです！　キキョウさんからは夢をあきらめるなって！　スレオニンさんからは自分の息子にしたいくらいだって言ってもらえました！　セレンさんのお父さんにも頑張ってと激励されました！　ロールさんにも諜報部にお誘いしてもらいました！　ミコナ先輩からは一年生筆頭の腕章に負けるなって激励をも

らいました！　メガネ女子先輩も暖かいまなざしで見守ってくれています！　サーデン王からもユビィさんからも君ならいい軍人になれるよって言ってもらいました！　アンズ様も筋があるって褒めてくれましたしタイガー・ネキサムさんもレンゲさんも頑張れって応援してくれました！　アルカ村長やピリドじいちゃん、コンロンの村のみんなも頼りない僕の後押しをしてくれたんです！　ヴリトラさんも筋が良いって！　サタンさんから自分を信じることを！　そしてマリーさんからは仲間がいれば何でもできるってことを教わりました！」

一言一言、関わってきた人の想いを口にするたびにその威力は増していき――

「お、おぉぉぉぉ！」

ソウはとうとう耐えきれず空へと吹き飛ばされます。

ロイドはもちろん追撃します、空を飛びながら渾身の力を込めて。

「たくさんの人に認められたんです！　最初は不安だった軍人生活も！　みんなのおかげで自信が持てるようになりました！　だから！」

「ぐが！」

「ここで！」

「ぐう！」

「立ち止まるわけにはいかないんです！」

「ぐがぁぁぁぁ！」

気絶していたアランは地面に埋まり首だけとなりながらその様子を見上げ感嘆の声を上げました。

「やったぜ、ロイド殿！」

ボロボロの体になってソウは空を舞い、地面に墜落します。

彼に呼応するかのように辺りを囲んでいた荊やツタは枯れ果てていきました。

迷宮を作り上げていた荊やツタが消滅すると、遠くにいたセレンたちの姿が見えました。彼女らはロイドがやってくれたとすぐさま察すると一目散に駆け寄ってきます。

「やっぱりロイド様がやってくださったんですわ！　さすが私の未来の旦那様！」

「………素直に喜びたいからツッコませないで」

駆け寄る同級生にロイドは笑顔で迎えます。

「みなさん！　やっぱり御無事でしたか！　心配しました！」

「アタシらを心配するなんて十年早いぜロイド！　……あん？」

豪快に肩を組むリホは地面に埋まっているアランと目が合いました。

「うおぉ！　良かった女傭兵《おんなようへい》！　生きているって信じていたぞ！」

「地面に埋まりながら泣かれるのはなんか癪だなオイ」

そして喜びを分かち合う彼らの後ろで、メルトファンとサタンは神妙な顔をしています。

「無事でよかったが……問題は彼をどうするかだな」

　サタンの視線の先にはボロ雑巾《ぞうきん》のような姿になりながら満足そうな顔をしているソウが横たわっていました。

「彼はルーン文字で作られた人ならざる者……拘留するのは難しいかもしれん」

　メルトファンは過去ソウと戦った経験からこの男の危険性を説きます。

「魔王の力の使い方も熟知している、ここの住人であるトラマドール氏のような人間をポンポン生み出されたらかなわない……野放しにしてはいけないな」

　サタンがソウに近寄るととどめを刺そうと手を近づけます。セレンもリホも、フィロもメルトファンもそれを止めようとはしませんでした。

　ソウはすべてを受け入れた雰囲気で目を瞑《つむ》っています。

「できればロイド君に殺してほしいのだがね、この世界から消える可能性は少しでも上げておきたい」

「悪いね、こういうのは汚れた大人の仕事なんだ」

「ふむ……いい仲間を持った、英雄の素質だなロイド君」

　サタンが一思いに手を振り下ろそうとしたその時です。

「その、待ってください」

　ロイドがサタンの手を制止します。

「？　ロイド氏どうした？　この男は君を殺そうとしたんだろう？」

「そうだぜロイド、何度もひどい目に遭ったろ？」

「……師匠もこの人を悪人と言っていたはず」

「アルカさんの天敵と聞きましたわ」

ロイドに進言する仲間たち。しかしロイドは納得できない顔をします。

「ですけど……この人を殺すのはなんか違う気がするんです。うまく言えないんですが、なんか今のこの人は悪い人には見えなくなっちゃったんです」

ロイドは改めてすべてを受け入れたソウの顔を眺めます。

「そりゃ悪いことはたくさんしてきたと思います、御前試合の時も、映画の時も。でも――」

うまく言えず口ごもるロイド。そこによろめきながらショウマが現れました。

「俺からもいいかい、ソウの旦那を殺すのは待ってもらえないかな」

「ショウマ兄さん⁉」

驚くロイド、そして彼の予期せぬ言葉にソウも驚きを隠せません。

「どういうことだショウマ、私を殺したくないだと……騙された腹いせにしては悪質だと思うが」

「腹いせじゃないさ、これは俺のワガママだよ」

ショウマはドカッとソウの前に座り胡坐《あぐら》をかくと真剣なまなざしを携えながら口元を緩め尋ねます。

「なぁ、ソウの旦那」

「どうした、ショウマよ」

「こんな事今になって聞くのもなんだけどさ……旦那、本気でこの世界から消えたいと思っているのかい？」

「———あぁ」

間を空けての返答。

即答でなかったことを確認できたショウマは満面の笑みで自分の想いを語ります。

「実は俺はね、ソウの旦那には消えてほしくないと思っているんだ。旦那の事情なりは分かっている、役目を終えても消えることのできない、成すべきこともない空虚な状況、寒い感覚、俺には凄くよく分かるよ……仲間がいなくなっちゃったもんね、俺は元からいなかったけど」

自分の経験を踏まえて、まるで同じ目線で語るショウマは自虐的に笑います。

「ショウマ兄さん……」

「初めて会った時、私が何に見えるって聞いてきた時答えただろ、似た者同士だって———その通りだったんだよ」

「そうだったな……私が目的もなくフラフラとこの世に存在するだけの頃だったな」

「で、俺が持ちかけたんだ、英雄にしたい男がいるって。そして目的ができてからお互いイキイキするようになっただろ、ロイドを英雄にするって目的ができて楽しくなったはずだ」

肩を組み、ロイドの雄姿をカメラに収めては活躍を喜ぶ運動会の保護者のような関係を思い浮かべているのでしょう、ソウは目を細めています。

「あ、そうだったんだ――」

一方ロイドは肉親の行きすぎた行動に若干引いていました。シリアスなシーンですけど、一応付け足させてください。

「理解が追い付かないかもしれないがドンマイだロイド氏」

サタンが肩を叩きます。そして複雑な顔のロイドをよそにソウとショウマは会話を続けます。

「俺には分かる、失ったもの、乾いたハートに火が付いて、その生きがいを燃料として前に進めるようになった同志だって。アンタは村を出てった俺が欲してて、ようやく手にすることのできたかけがえのない仲間だったんだ、簡単に消えるなんて言わないでくれよ」

熱のこもったショウマの言葉にソウは過去を思い返します。

「世界を平和にする英雄」という荒唐無稽なルーン文字により生み出されその理に従い役目を果たし消えゆく運命。だが役目を果たしても消えることができず、幽霊のように、目的もなく彷徨っていた……

そこで出会ったのがショウマ。自分が消えるため彼と一緒にロイドを新たな英雄になるように応援したり策略を練ったりしているうちに楽しくなってきた自分を、楽しいという感情が芽生えてきた事実を。

そして……同じ目的を持つ仲間に再び出会え、嬉しかったことを……


「ショウマよ」

「どうした旦那」

「やることがあると楽しいな」

「だろ」

「そして思い出したよ……仲間がいると……楽しいってことをね」


ソウは遠い目をして遥か昔を思い出し始めるのでした。

「んだよソウ！　まだ起きてんのかよ！」

風走る草原の丘、満天の星が夜空を彩《いろど》る吸い込まれそうな風景。

その空を一人の少年が草原に座りながら眺めているところに雰囲気を台無しにするような声と共に筋骨隆々の男が近づいてきました。

無言で立ち上がり振り返る少年。どこか儚《はかな》げで表情の少ない端正な顔立ちと相まって絵画から出てきたような雰囲気を醸し出していました。

幻想的な夜空に似合う白い髪に色白の肌が月に煌めき声をかけるのも躊躇うくらいの美しさです。

ソウと呼ばれた少年は小さく会釈します。

「ピリドさん」

ピリドと呼ばれた黒髪短髪の男はボロボロの肩を出しシャツと黒いマント、動きやすいボトムを着ている……というより自慢の筋肉にひっかけている、そんな印象の男です。

彼はソウに近寄るとバンバン背中を叩きながら豪快に笑いました。

「まぁナーバスになっちまうのも分かるぜ！　世界の命運が明日決まっかもって考えると、この鬼神と恐れられしピリド様もお星さんにお祈りしたくなるってもんだ」

ソウは小さく頷くともう一度星を眺めます。

「僕も死んだらあの星の一つになるのかなって」

ピリドは太い指でアゴ先をつまみながら笑っていました。

「どーだろーなぁ、死んだことないから分かんねぇわ。まぁ俺は酒が飲めなさそうだからお星さんは遠慮しとくぜ」

「――まったく風情も何もない」

そんな他愛《たわい》のないことを喋るピリドの背後にいつの間にか黒装束《くろしょうぞく》の男が佇んでいました。

顔を黒い頭巾で覆い忍び装束に身を包んだ明らかに忍者な男です。

「うおっ！　ビビらせんなアマクサ！」

「大声を出しすぎだピリド」

淡々と注意するアマクサにピリドは反論します。

「こんぐらいフツーだろうが、気にしすぎなんだよお前は」

「その言葉には同意しかねるなピリド、アマクサだけじゃないぞ」

アマクサの後ろから巨大な蛇がうねりながら現れ、厳しい上司のように注意しに現れました。

モンスターにしては厳《いか》つく、そして毅然とした態度です。シャツをパリッと糊《のり》でアイロンがけして着こなす雰囲気の人外でした。

「ヴリトラかよ、うるせーのがきた……ってお前らもか……アルカにユーグ」

「私も起きたぞピリド」

「ボクも起きちゃったさ、さすがにうるさいよ。眠れない眠れない」

ヴリトラと呼ばれた蛇の背中から白いローブに身を包んだ二十歳ぐらいの女性と小柄でヘルメットをかぶる少女が文句を言いながら草原に降り立ちます。

「多数決で我々の勝ちだなピリドよ、謝罪は後日書面で承ろう」

「ヴリトラにアルカにユーグ……まったくソウにとって最後の夜になるかもしれないんだぞ、ちょっとくらいいいじゃねーか」

「明日が大変な日ならちゃんと睡眠はとるべきでしょ」

「アルカ……相変わらず可愛《かわい》げねーな」

淡々と正論を言うアルカの横からユーグが「そーだそーだ」と同意します。

「それにさピリド、君だって明日しくじったら助からないかもしれないんだぞ」

ユーグに言われたピリドは豪快に笑いました。

「おっと、すっかり忘れていたぜ！　自分の病気のことをよぉ！　ガハハ！」

ひとしきり笑うとピリドは真剣な顔をアルカに向けました。

「で、本当にあそこにあんのか？　俺の病気を治せる古代ルーンなんちゃらってやつが」

アルカは黒髪をなびかせながら表情を変えることなく小さく頷きます。

「そ、コーディリア研究所。魔王発生の元凶であるあそこに他の班が開発していた医術再生関係のルーン文字があるはず」

研究所や他の班という言葉にチンプンカンプンなピリドですが考えることを早々にやめました。

「よく分からねーが魔王を山ほどぶっ倒してあそこを封印しちまえばいいってことだろ！　ついでに世界も救える！　しっかし俺が世界を救うことになるとはな……分かんねー世の中だ、なぁアマクサ」

「あぁ……忍びの里を抜け、安らぎを求めた私がよもやこのような戦いに身を投じるなど思ってもいなかった」

神妙に頷くアマクサにソウが尋ねます。

「アマクサはこの戦いが終わったらどうするの？」

「ふむ、忍びの技術を陽《ひ》の当たる人々に生かせる生業……そうだな、木こりにでもなるか」

しみじみと口にするアマクサの肩をピリドはバンバン叩きます。

「俺は病気を治したら世界中に弟子を作りてえなぁ、人呼んで「鬼神ピリド流」だ！　どうだアマクサ！　お前も弟子にならねーか⁉」

「笑止すぎる」

「なんだ「すぎる」ってよぉ！」

そんなピリドをユーグが茶化します。

「ハイハイ笑止笑止～っと。そういやピリドさ、なんかせっせと汚い字で書きためていたけどアレ秘伝書？　滝の上から岩を落として滝をのぼりながら全部撃ち落として最後に滝を割るとか書いてあったよ」

「おお！　体づくりの基本だな！　やっぱ興味あるのかユーグよぉ！」

「マジだったの……アホアホだぁ……」

そんな呆れるユーグを引っ込めてアルカが再生のルーン文字について念を押します。

「すぐにルーン文字が発見できるとは限らない、それまでピリドには一回ユーグの開発したコールドスリープで眠ってもらうよ」

「コールドってあれだろ、氷漬けだろ？　大丈夫なのかオイ、死にゃーしねーだろーな」

アルカの脇の下から顔を出すユーグは笑いながら自分の技術をひけらかします。

「大丈夫だいじょーぶ、魔法の力も使った素晴らしい代物《しろもの》だよ。ただ細胞壁を壊さないように解凍するのは大変だから後遺症は覚悟してよね……例えば記憶がなくなるとかさ」

「記憶か、なりゃいいいや、技は体が覚えているハズだ！　ガハハ！」

アマクサは小さくため息をつきました。

「相変わらず楽観的な男だ。しかし……となるとピリドとは今生の別れになるということか。目が覚めた時は私の息子や孫が世話になるかもしれんな……その時はよろしく頼む、このカンイチ・アマクサ最初で最後の頼みだ」

「わーったよ、カンジでもカンゾウでも面倒見てやるさ」

二人のやり取りを見届けた後、ソウはアルカとユーグに向き直ります。

「ユーグとアルカはどうするの？」

「ボクかい？　ボクはやること山積みだけど……そうだね、とりあえずはドワーフたちのところで世界をより良くするためのモノ作りに励むとするさ、アルカは？」

「あの場所を封印できたとしても魔王は定期的ににじみ出してくる……それを監視しながらルーン文字の研究を続けるさ、村でも作って」

「そっか」

どことなく寂《さび》しげなユーグ。ソウも同じように寂しげでした。

彼の気持ちを察したのか、アルカがポンと背中を撫でました。

「ソウ、君の存在はたしかに目的を遂げた後に消えてしまう運命にある。でもね、君が英雄として成し遂げたことは顔も知らない誰かの未来のためになるのさ」

「顔も知らない誰か？」

「そう、そして顔も知らない誰かに影響を与えられることは人間としての本望だと私は思うんだ……政治家、研究者、小説家……たくさんの人がそのために心血を注いでいる」

温かい、まるで母親のような言葉をソウに向けるアルカ。そして口の減らない姉のようにユーグが会話に割って入ります。

「なーにお母さんみたいなことを言っちゃってるんだよアルカぁ。あ、そだ、この前なんか変な石像作っていたでしょ、思い出とかなんとか言いながらさ、美術ヘッタクソなのに。オヤゴコロって奴が芽生えたのかな？」

その会話に興味があるのか、ヴリトラが舌をチロチロさせながら顔を近づけます。

「あぁ、やはりあの像は我らだったか……ていうかアレが我か？　寒天がぐねっているようなアレが？　略式起訴したくなるぞ」

「で、結局ボクとソウとアルカの像を作って創作意欲が力尽きてさぁ……やっぱ写真は必要だね、世界を救ったらまず写真を普及させようかな」

「ちょ⁉」

鉄皮面が崩れ慌てるアルカを見て周囲が笑います。それにつられてソウも笑うのでした。

一段落したところでヴリトラが仕切りに入ろうとします。

「さて、もう夜も遅い……しっかり寝ないと明日の会議に間に合わんぞ」

「ヴリちゃん、会議じゃないよ決戦だよ」

「おっと、すまないユーグ……何で我は会議と……うーむ、もじゃもじゃ頭の男に何度も注意したような記憶が……疲れているのか？　やはり早く寝ないと」

そういいながら大蛇の体をうねらせうずくまり直すヴリトラ。そしてピリドもアマクサも草原の上に横たわり毛布を掛け眠りにつきます。

彼らが眠った後、ユーグは小声でアルカに耳打ちをし始めました。

「石倉《いしくら》主任、瀬田《せた》先輩のことを思い出し始めたよね……注意しないと」

「すべてが終わったら話した方がいいかもしれない、自分たちがこの世界を変えた研究員で魔王はそのかつての仲間だってことを……」

ユーグは手をバッテンにして拒否します。

「それは反対するよアルカ。もしすべてを思い出したら自分の娘さんを探すため暴走してしまうかもしれないだろう」

「そこは説得すれば……」

「さらに思い出した人間は例外なく全盛期の姿に戻る、石倉主任が蛇の姿から人間に戻ってしまうよ」

「都合が悪いことでも」

「忘れたのかい？　ヴリトラという巨大な異形の守護獣、救世の巫女《みこ》アルカという存在、英雄ソウ、ドワーフの王との協力でラストダンジョンの力を制御できるようになったって世界中の遺跡だのなんだのに書き記しただろう。そうやって世界規模でそう思わせるルーン文字を施して私たちは魔王に打ち勝てる存在だとこの世界に認識させたじゃないか。石倉主任が暴走したり人間から蛇に戻ることができなくなってしまったら新しい守護獣を探す羽目になるよ」

「なんか必死だね、ユーグ」

「後ろめたさもあるのさ。世界をこんなことにしちゃった責任の一端はボクにある……あの実験の失敗を意味のある失敗にするためにも、この世界を前の世界以上に豊かな世界にしたいんだよ。それにルーン文字の研究が進めばいなくなった娘さんも魔王と化した研究員も元に戻せるかもしれないじゃないか……それまで主任の記憶はそのままにしてくれよ」

「分かった」

小さく頷くアルカを見てユーグが何かに気が付きます。

「あれ？　アルカさ、なんか背が縮んでいない？」

「何でだろ、あぁ、記憶が戻ったらその人間の思い出深い頃の姿に戻るって言っていたよね、じゃあもっと……九歳くらいまで縮むんじゃないかな」

「そっか…………アルカの思い出は今じゃないんだ」

どことなく残念そうな雰囲気を漂わせた後、ユーグは自分の寝床へと戻ろうとします。何の気なしにその会話を聞いていたソウにアルカが寝るよう促しました。

「さ、そろそろ寝ないと」

「もうちょっと、最後の夜空だから」

「……まったく、しょうがない子だね」

嘆息交じりのアルカにユーグが遠目から茶々を入れます。

「母親代わりのアルカに似たんでしょ～君の背中を見て育ったんだからさ」

ユーグに言われたアルカはまんざらでもないような笑みを携え、ソウの頭をくしゃりと撫でると寝床の方へと向かっていきました。

「正直消える消えないはよく分からない、ただ――」

夜空に向かってソウは独り言ちます。

「みんなとの繋がりが無くなってしまうのは、寂しいのかも」

ソウの独り言に反応したかのように、星が流れ短く夜空に光の筋が走ります。それと自分を重ね合わせた彼は草原に腰を下ろし、気のすむまで星空を眺めるのでした。

過去を思い返したソウはあの頃と同じように独り言ちます。

「仲間がいるから楽しい、やることがあるから頑張れる、その二つを失ってしまった気でいた私が幽鬼のようになるのは必然だったのかもしれんな」

「ほう、お主の口からそんな言葉が聞ける日が来るとはな」

昔に浸り、誰に言うでもなくつぶやいた言葉に玉のような可愛らしい声で返事が返ってきました。

懐《なつ》かしい声が聞こえ、ソウがゆっくりと目を開けたその先には。

「反抗期は終わったか、ソウ」

アルカがいました。アザミのお城で一仕事を終え急いで来たのでしょう、少し額に汗が浮いております。

反抗期と切って捨てられたソウは自虐的に笑います。

「世界を混乱に貶《おとし》めようとする行為を反抗期とは相変わらずぶっ飛んでいるね、アルカ」

「反抗期以外の何物でもなかろう。主は思い込んだらこうじゃからな」

視野を狭めるジェスチャーをするアルカ。ソウは力が抜けたように笑いました。

そして二人は無言になります、目で、空気で言葉を交わしている、そんな不思議な間がしばらく続いて……ソウはおもむろに口を開きました。

「最後に……気を失う前に一つだけいいかい、アルカ」

「なんじゃ?」

「その口調、やっぱ変だよ」

「ぬかせ、こっちの方がもう長いんじゃ……今更元に戻せんわい……おい、ソウ」

彼女の返事も待たず、ソウは目をつむり、眠ってしまうのでした。

「……まったく、しょうがない子だね」

あの頃と変わらない口調と微笑みを浮かべたアルカ。周囲の人間は一瞬別人に見え目をこすったりしたのでした。


荊の呪い事件から数日後……

首謀者であるソウを撃退したこととアルカの解毒剤により大きな被害のないまま終わることのできたアザミ王国。

しかし本格的にジオウ帝国が仕掛けてきたことを懸念しアザミ軍は各種法整備や対策準備に追われることになりました……はい、インターンどころではなくなってしまったのです。

元々はロイドの希望配属先を調べるための口実だったのでクロムたちはこれ幸いに中止を提言したそうです。

そして今回の事件、一番の功労者であるロイド・ベラドンナは実績を認められ王様直々に表彰されることになったのでした。

栄軍祭でその実力を認められ、そして荊の呪い事件を最小被害で収めた……誰も異を唱えない軍上層部が満場一致の表彰だったそうです。

今日がその授賞式。アザミ王国城内、謁見の間では厳格な装備に身を包んだ軍人たちと緊張の面持ちで整列する士官候補生の仲間たち。

その先頭には、誰よりも緊張しているロイドが軍服に身を包んで直立不動の姿勢で立ち尽くしていました。見ようによっては怒られる直前の子供のような強張《こわば》った顔つきです。

ロイドの目の前には王様に広報担当や警備統括《とうかつ》、外交トップの上層部の面々が滅茶苦茶《めちゃくちゃ》いい笑顔で笑っています。推しが活躍した時のような笑顔です。

そしてミュージカルが始まるんじゃないかってレベルの軽妙かつ重厚な軍楽隊のファンファーレが鳴り響きロイドは背筋をビクリとさせました。同じ経験があるアランもウンウン唸って共感しています。

「俺の時もあんな感じだったなぁ……ロイド殿、認められて何よりです」

万感の思いを込め涙ぐむアランに対しリホ、セレン、フィロが冷たくツッコみます。

「お前は実績に見合わないからビクビクしていたんだろ」

「ロイド様とご自身を一緒にしないでくださらない？」

「……シッ……始まるからアランは無視で」

別の意味で涙ぐむアラン……いえ、マジ泣きに片足突っ込んでますねコレ。

そんな寸劇は置いておいてロイドに焦点を戻しましょう、ファンファーレが鳴りやむと先輩軍人に促され、おずおずと前に出ます。

王様はそんなロイドを見やると「硬くならんでいい」と優しく微笑みます。

「ではこれより！　先の「荊の呪い事件」を見事解決させたロイド・ベラドンナの表彰式を執り行う！」

王様の一言で謁見の間が大歓声に包まれました。上層部の三人も教官陣も、先輩軍人に士官候補生の面々もやんややんやと拍手喝采です。

「グギギ……」

約一名歯ぎしりしていますがスルーしてあげてください、ミコナさんは心の中ではロイドのことを認めているはずですから。たぶん。

王様は一歩前に出るとロイドの胸元《むなもと》に勲章をつけてあげました。小ぶりですがアザミ王国の紋章をかたどった立派な代物です。

「ロイド・ベラドンナ、貴殿の功績を称《たた》えこれを授与する」

「あ、ありがとうございます！」

ロイドは大慌てで王様に頭を下げると周囲の軍人や士官候補生たちにも丁寧に頭を下げます、それはとても微笑ましい光景でクロムたちは笑ってしまいました。

「すごいことをやってのけたのに相変わらずだな」

「それがあの子のええところや……誰かさんと違うで、なぁロール」

コリンにいじられたロールは一瞬ムカッとしましたがすぐさま不敵な態度に戻ります。

「言いたいことは分かりますが度の過ぎた謙遜はあきまへん。やっぱうちの元で教育した方がええ」

「確かに、反面教師としては最高の素材だね」

糸目をほんのり開きながら元上司をいじるメナ。ロールは青筋立てながら平常心を装います。

さて、喝采を浴びたロイドを見て、王様は彼をねぎらいます。

「本当によくやってくれたロイド君、心から感謝するよ」

「いえっ、たまたまですっ……皆の、仲間のおかげですよ」

王様はホッホッホと笑うと小声でロイドに問いかけました。

「ところで希望の配属先だが、まだ決まらないのかな?」

「へ、あ……はい」

何で今聞くんだろうというロイドの表情、その答えを言うように王様の後ろに立っていた外交トップの軍人が話しかけてきました。

「王様から勲章を授与されるほどの実績があるのだ、今なら希望配属先選び放題ということだぞ……それこそお給料も立場もトップクラスの外交官にだってなれるよ」

それとなく自分の部署に勧誘する外交トップ。負けじと隣にいる警備統括の軍人が前に出ます。

「今回の活躍を鑑みるにロイド君は警備の軍人こそ適職だと思う、警備部署に所属すれば必ずや一門の男になれるぞ」

ムッとする外交トップにしたり顔の警備統括。その間から広報部長が顔を出してきます。

「いやーーロイド君！　実績も可愛さも兼ね備えたらいよいよアザミ王国の広告塔として頑張ってみる気はないかな⁉　男臭さのアラン君と可愛らしいロイド君の二大巨頭！　女装もあるでよ！　みたいなっ！　ね？　どうかな——オボッ！」

相変わらず空気の読めない広報部長……ロイドが嫌な顔をしたのを察した外交トップと警備統括の軍人は後ろへと押し込めます。

寸劇が一段落し、王様はロイドに再度「どうかな？」と問いました。王様にとっては娘と一緒になるかもしれない彼の職業は気になりますし、良い配属先に行って欲しいと思っちゃうものですよね。

暗に配属先を王の力で斡旋《あっせん》するよ、よりどりみどりだよ……と言っているような王様に対し、ロイドは少し考えるそぶりを見せた後——「そうですね、えっと」と、照れながら意を決して答えます。

「まだまだ至らないところのある僕ですが、こんな身に余る評価をいただくことができたのは、ひとえに仲間のみんなや先輩方、そして教官陣の皆様や色々教えてくれた大人の方のおかげだと思います」

ミコナが「分かってるじゃない」とうんうん唸っております、さっきまでグギギと唸っていたのに相変わらず調子のいいお方ですね。

そしてロイドは真剣に自分の思いの丈を王様に語りました。

「たくさんの方に支えられ、教わり、今の自分はここにいます。ですから、この学んだ経験を生かすため……僕は教官になりたいなと思っているんです」

自分のような自信のない人間を勇気づけたい、成長の一端になりたい。他の人からもらった優しさや経験を後進にも伝えたい……その経緯に至るのは優しい彼にとっては必然だったと言えるでしょう。

教官になりたいと言われ上層部の三人組は肩を落としたり顔を押さえたりと分かりやすく落胆しまいます。

一方、王様はにこやかに笑っていました。

給料や名声ではなく、本当に自分の目指したいもの、経験したことを伝えたい、役に立ちたいという思い、真摯に自分を見つめてることが垣間見《かいまみ》えたからです。

同時に本当にいい子だ、娘婿になっても大丈夫……そう思ったようですね。

「ほっほっほ……うん、そうかそうか。君ならいい教官になれるだろう、私が保証するよ」

そのやり取りを聞いていたリホたちは「そうきたか」と微笑みました。

「ま、アイツらしいわな」

「……師匠は……生きざまが素晴らしいから……」

「さすが俺の師匠」

「教師⁉　なら放課後特別授業と称して夜の手ほどきをっ！」

約一名おかしい人がいますがいつもの事なのでスルーしてください。

王様はひげを撫で、締めに入りました。

「ではロイド君、その勲章に負けないよう精進するんだぞ」

「ハイ！」

元気に返事をするロイドに王様は誰にも聞こえないように小さく耳打ちをしました。

「そして娘の件もよろしく頼むぞ」

「ハイ！　……はい？」

「君の気持ちもあるが、頭の片隅に覚えておいてくれ」

そして授賞式は終わりみんなの元に帰るロイド。アランやリホに肩を叩かれ、はにかんでいます。

「おめでとうございますロイド殿！」

「やったなロイド！　……ん？　どした？」

ちょっと浮かない顔をしているロイドに気が付いたリホ、セレンが絡んできます。

「そりゃあもう！　これから変な女が絡んできて困るな〜、僕はセレンさん一筋なのに〜ってことで悩んでいるんですわよね？」

「……だったらずいぶん前から悩んでいるはず……現在進行形で絡まれているから」

フィロにツッコまれヤイヤイ言い合う士官候補生の仲間たち。

ロイドはどこか心ここにあらずという顔で遠くを見つめていました。

「困ったな……王女様か……」

未だ見たことのない、自分を好いているという女性に戸惑いを覚えるロイドはどうしたものかとちょっと困っていたのでした。

「王女様って言われてもなぁ……うーん、とりあえずどういう方かマリーさんに聞いてみようかな……マリーさん情報通だし」

「ロイドどした？　やっぱセレン嬢か？　セレン嬢が面倒なのか？」

「むきー！　リホさんなんてことを！　違いますわよねロイド様！」

その情報通が王女ご本人だと気が付く由もないロイドは王女様問題を切り上げ、仲間たちと喜びを分かち合うのでした。


ロイドが勲章を授《さず》かったその頃――

険しい山脈とモンスター駆け巡る平原に囲まれたコンロンの村では意識を失ったソウ、そして看病するショウマがピリドの家にいました。

「…………」

寝息も立てず、ただ死んだかのように横たわるソウをショウマは心配そうに見つめています。

「ソウの旦那……」

そんな彼の肩をアルカがポンと叩きます。

「心配かえ？」

「そりゃ、志を共にした仲間だからね……それに外傷もほとんどないのに、何で目を覚まさないんだろう？」

アルカはソウの顔を見やりながら説明します。

「ルーン文字人間という特殊な存在、こやつの体は相手の意志の強さによってダメージを受ける仕組みじゃ。ぱっと見傷はなくともダメージは深いんじゃろ……そして、こやつは今戦っておる」

「戦う？　どういう意味だい村長」

「目を覚まさないのは『古《いにしえ》の英雄ソウ』という存在から自ら脱却し消えることなく新しい存在に生まれ変わりたいと心から願っているからじゃ……恐らくはお主の友として」

「そうか、同じロイド推しとしてか……熱いね！」

ショウマは笑顔になると横たわるソウの手を強く握ります。

「頑張れソウの旦那、復活して一緒にロイドを愛《め》でよう！　今度は消える消えない抜きでさ！」

さて、ロイド推しだの言い出すショウマをアルカは変な目で見ています。

「その原動力がロイドとは……ショウマよ、お主相変わらず危ない奴じゃの」

ショウマは固まった笑顔のままアルカの方に向き直りました。目は笑っていません。

「村長に言われたくないね。マッサージと称しいかがわしい事をロイドに教え込んで事案発生一歩手前で村人総出で何とか止めたの忘れたとは言わせないよ」

「くぅ……お主が村のみんなに告げ口しなければロイドとワシは一線越えられたというのに！　あれ以来村のみんなのワシに対する警戒心が上がったんじゃ！　ロイドにセクハラする隙すらなくなったんじゃぞ！」

「俺のせいじゃないぜ！　ああなることは必然だ！　ていうかなんだ、いかがわしいマッサージって！　ロイドは純粋だから真《ま》に受けちゃったろ！」

「お主もその純粋さを利用して都会は怖いと刷り込んで色々企《たくら》んどったろ！」

結論、アルカが悪いですね。

そしてアルカとショウマの確執はやっぱりロイド大好き同士の同族嫌悪だと再確認ができたところでピリドと木こりのカンゾウが屋敷の中に入ってきます。

「何じゃなんじゃ、久々に帰ってきたらやっぱりケンカか」

「爺《じい》さんよ、しょうがねえって、アルカ村長の自由奔放っぷりを考えたらな」

三対一になってしまったことにアルカはむくれてしまいます。

「くう、ワシの味方が少ない……ワシが作った村なのに……」

「ハイハイ、分かったからどいてくれ村長。そろそろ冷え込む時期だ、薪《まき》をしっかり蓄えて暖をとれるよう準備氏とかねーとな」

ゴトゴトとトレントを伐採した薪を石窯のストーブの横に並べる木こりのカンゾウ。

ピリドも獲《と》ってきたキラーピラニアを台所の方に持って行きます。

「ショウマ、看病しているお前が倒れたら意味がないぞ、これ焼いて食っとけ、畑で採れた野菜も一緒に食うんだぞ」

「ありがとなピリドのじっちゃん、カンゾウさん」

気にすんなと微笑むカンゾウ。そしてピリドは寝込んでいるゾウを見やります。

「で、この客人大丈夫か？　息してないから死んでるように見えるんじゃが」

そんなピリドにアルカは「大丈夫じゃ」と大きく頷きました。

「なーに、こやつが簡単に死なんのはお主が一番よく知っているハズじゃろうに」

「ワシがか？　何でじゃ？」

小首を傾げるピリドにアルカはため息をつきました。

「まったく、一番仲が良かったのに思い出せんとは……後遺症も残らんようしっかりと治癒のルーン文字を完成させてから解凍すればよかったわい」

独り言ちるアルカをよそにピリドはソウの顔をじーっと見つめていました。

「ふーむ……どっかで見たような気もするが……まぁアルカ村長の言う通り、何となく大丈夫そうな気はするわい」

そして何の気もなしにソウの肩をポンポンと叩くピリド。

一瞬、ソウの顔が懐かしそうにフッと笑ったかのように見えました。

「……こやつは覚えているようじゃがな」

ソウはなんだかんだ言っても過去の仲間の事を覚えていた……魔王を世に解き放ち悪い事をしようとしたのは、もしかしたらピリドを含めた昔の仲間に止めて欲しかった……そんな反抗期でもあったのかと思うと、アルカは母親のように苦笑するのでした。

「心の根のどこかに「仲間と共にいたい」「消えたくない」という願望が残っておったからこそ、主は消えることができなかったしワシも本気で消すことができなかった……結局、世界の命運が関わり主を消すことに本腰を入れたワシの不手際でもあるがの」

母親のように嘆息するアルカはぼやきます。

「何で人の話を聞かない部分だけワシに似てしまったのかのう……いや人の話を聞かないワシが悪いのか……」

アルカの言葉に木こりのカンゾウが唸ります。

「何の話か良く分からんがそこまで落ち込む必要はないんじゃないか村長。真似るという事は近におるじゃろ、ここ一番に我を通して都会に出て行ったひよっこが」

「良くも悪くも、人間は無意識にカッコイイと思ったもんを真似るもんじゃて。ほれ、一番身
ピリドも「そうじゃ」とカンゾウの言葉に同意します。

「憧れじゃと？」

憧《あこが》れている部分があるからな」


「僕、都会に出て軍人になりたいんです！」


ピリドの言葉を受け、アルカは思い返します。村人の反対を押し切り弱い自分を奮い立たせ、過酷な環境に身を投じようとした最愛の少年の事を――

自分のやると決めたら脇目も振らず突き進む長所であり短所である部分が人にいい影響を与えた……

そして今横たわるソウもまた、歪《いびつ》ではあるが自分の背中を見て突き進んだ、ロイドに好感を持ったのも「本来なりたかった自分を投影していたから」と言われ腑《ふ》に落ち納得しました。

「ありがとう、ピリド……脳筋のくせに核心突きおって」

「ん？　おぉ、どういたしましてじゃ」

ピリドに言われてアルカは気が付いたと同時に救われた気持ちになったのでした。

そしてショウマも、その言葉に救われた気がするのでした。

「「なるほど、ロイドが憧れている……」」

ハモってしまったアルカとショウマはまた険しい顔で睨み合います。

「何言っとるんじゃショウマよ、ロイドはワシの背中を見て育ったのじゃ。」

「いやいやいやいや！　いや！　まず皆の反対を押し切って村の外に出て行ったのは俺だからね！　ロイドの憧れは俺！　ここ一番で自分の意思を曲げない力強さは俺に似たんだ！　村長はただの傍若無人《ぼうじゃくぶじん》だろ！」

二人のやり取りをカンゾウとピリドは半眼を向けて見守ります。

「まーた始まった、村長とショウマのロイド溺愛喧嘩《げんか》」

「やれやれ、ワシらは退散するかの」

呆れ去り行くカンゾウとピリド。

アルカは二人が去るとシリアスな表情に戻りショウマに改めて話しかけます。

「さて、ショウマや……そろそろ本題に入るとするかの」

椅子に座り長期戦の姿勢をとるアルカ、ショウマは察したのか小さく頷きアルカの方を見やりました。

「ジオウ帝国、ユーグ博士が何をしようとしているのか……そのことについてだね」

「うむ、お主がしでかそうとしたこと……コンロンにある最果ての牢獄を解き放ち世界を追いつめようとしたことは許しがたい行いじゃ。たとえロイドのためとはいえのぉ」

アルカはショウマの顔を覗き込みます。

「じゃが……ユーグの野望を食い止めれば問題はない。そのためには奴の計画の全貌を知りたいのじゃ」

「……」

「お主の目的はロイドに「自分が強すぎて世界がつまらないもの」だと絶望させないためじゃろ。一生懸命頑張って人々に認められる……お主が望んだ夢を託したつもりじゃった」

無言を返すショウマにアルカは続けます。

「しかしロイドはお主ではなかった。十分強いあの子は絶望することなく立派に成長を遂げてみせた。心も体もじゃ……うむ、ええ体になっておったのぉへっへっへ」

シリアスから一転、にじみ出る変態にショウマは半眼を向けました。

「村長、一分とシリアスがもたないのかい？」

「……へっへっへ……っと、ぬかせ、一分はもつわい」

二分はもたないようですね。まぁゲームとかの謳《うた》い文句で「仲間は百種類以上」とか記載されていたら大抵実際は百一種類だったりするもんです。

ヨダレをローブの裾《すそ》で拭《ふ》いた後、アルカは再度シリアスモードに戻り会話を続けました。

「というわけで、お主がユーグに加担する必要はなくなったわけじゃ。遠慮せずバンバン情報を漏らしてもいいんじゃよ、ユーグの計画……世界を混沌《こんとん》へと誘い、無理やり科学を発展させる計画はどこまで進んでいるのか、そして――」

アルカはここが本題とばかり声音を変え問いただします。

「プロフェン王国の国王……イブがどこまで関与しているのか、その繋がりを知っている限りすべて……のぉ」

どこか信じたくないような、そして冷静に考えれば疑うべきだったという後悔も入り混じったアルカの表情。

それもそうでしょう。例えるなら自分の親友すらも騙し、裏で糸を引いている真の黒幕に、今まで気が付かなかったことを悔いているようなものですから。

あとがき

私もやるときはやるんです。

日々の不摂生に余念のない私。その磨きに磨き続けたワガママボディから脱却すべく、サトウとシオはついにダイエットに手を出したのでした。

新人賞に応募し続け「頑張れば小説家になれる」という自信を手に入れた私は「頑張ればダイエットもできる」という考えに至ったのです。

結果は四か月でマイナス10キロ弱、このあとがきを書いている頃にはマイナス11キロになっていました。成功です、オチが無くてスイマセン。

レコーディングダイエットを始め毎日のカロリー摂取を一五〇〇キロカロリー以下にして糖質を制限し筋トレはスクワットに懸垂《けんすい》その他もろもろ自重で週4……チートデイは二週間か三週間に一回、三〇〇〇キロカロリー以上という感じです。

日を追うごとに変わっていく自分のボデー。意識して休養もとれば大胸筋がこんな素直に成長するとは思いませんでした。目からウロコとはまさにこのこと。

さて、そんな大体二か月ほど経過したある日のことです。そのウロコの取れた眼で現実を直視しなければならない事態に陥りました。

「原稿全然進まねえ」

語るに落ちたサトウとシオの誕生です。糖質制限に手を出して頭が回らない回らない。筋トレは一時間、筋トレを始める前は若干憂鬱《ゆううつ》になるので一時間ほどウダウダし、終わった後もぐったりして合計三時間。さらには握力も戻らないのでタイプミスしまくるしまくる……

小説家になれたんだからダイエットもできる！　というコンセプトだったのにダイエットのせいで小説が書けなくなるのは本末転倒、アホの極みというやつですね。

文章量と筋肉量は等価交換だったという新たなる発見に気が付いた時にはもう戻れなくなっていました。ここでダイエット辞めたら絶対太るだろっていう確信が——というわけで今もダイエットは続いています、適度に糖質を取りながら、腹筋の割れるその日まで。

作家と糖質制限は相性が悪い、そんなダイエットをする自分の頭は悪い、気が付くのが遅いですね特に自分の頭の方は何となく気が付いていたけど目をそらしていた節があります、反省。

反省したところで、それでは謝辞を。

担当編集のまいぞー様、私の身勝手な糖質制限のせいで原稿に時間かかったうえに文章貧弱でスイマセンでした。

イラストレーターの和狸先生、10巻の表紙にロイド達の成長や人間関係が垣間見えて「二桁いった節目の表紙」として素敵なものに仕上がっています、本当にありがとうございます。

コミカライズの臥待先生、原作四巻付近のシリアスシーンや冒険者たちが集まるシーンなど素晴らしかったです。わちゃわちゃシーンが続くと思いますがよろしくお願いいたします。

スピンオフの草中先生、画面映えを考えない私のテキストネームを映えるように描いていただいて本当に感謝しております。

編集部さんや営業部さん、ライツの方々などGA文庫関係者の皆様のお力添えにも感謝しております。

アニメ関係の皆様方、大変な中制作頑張っていただいて本当にありがとうございます。

同期や先輩作家の方々も中々会えないこの時期にウェブ飲みなどでご相談に乗っていただき本当に助かりました、救いになりました。

皆様のおかげで拙作「たとえばラストダンジョン～」は10巻という大台に乗ることが来ました、本当に本当にありがとうございます。

…………というわけで発売日くらいは、自分へのご褒美でトンコツラーメン食べてもいいよね（はぁと）だって大台だし、おめでたいし。

ではまた11巻でお会いできたら幸いです。その頃にリバウンドしていないとご報告できたら、これも幸いです。

——フラグ構築に余念のないサトウとシオ。

ファンレター、作品の
ご感想をお待ちしています

〈あて先〉

〒106－0032
東京都港区六本木2－4－5
ＳＢクリエイティブ（株）
GA文庫編集部 気付

「サトウとシオ先生」係
「和狸ナオ先生」係

本書に関するご意見・ご感想は
右の QR コードよりお寄せください。

※アクセスの際や登録時に発生する通信費等はご負担ください。

https://ga.sbcr.jp/

たとえばラストダンジョン前の村の少年が序盤の街で暮らすような物語 10

発　行　　2020年9月30日　初版第一刷発行
　　　　　2021年1月31日　　　第二刷発行

著　者　　サトウとシオ

発行人　　小川　淳

発行所　　SBクリエイティブ株式会社
〒106－0032
東京都港区六本木2－4－5
電話　03－5549－1201
　　　03－5549－1167（編集）

装　丁　　AFTERGLOW

印刷・製本　中央精版印刷株式会社

定価はカバーに表示してあります。

ISBN978-4-8156-0777-7

Printed in Japan　　　　GA文庫

転生魔王の大誤算
～有能魔王軍の世界征服最短ルート～
著：あわむら赤光　画：kakao

GA文庫

歴代最強の実力を持つ魔王ケンゴーにも決して漏らせぬ秘密があった。

「転生前より状況がひどくない!?」

前世の彼は、伝説の不良《エリートヤンキー》だった兄と勘違いされ舎弟から尊敬を集めた草食系《ヘタレ》高校生の乾健剛《いぬいけんごう》だったのだ！　平穏に生きたいのに凶悪な魔族達に臣従されいつ本性を見抜かれるかハラハラの生活を送るケンゴー。だが命惜しさに防御魔法を極めれば無敵の王と畏敬されハーレムに手を出す勇気がないだけなのに孤高だと逆にモテ、臣下の顔色を伺えば目配りの効く名君だと言われ第二の人生は順風満帆!?

これは勝ちたくないのに勝ちまくり、誤算続きで名声も爆上げしてしまう、草食系魔王の成功物語《サクセスストーリー》である。